叶 鹏著

画外音

HUAWAIYIN

上海古籍出版社

图书在版编目（C I P）数据

画外音 / 叶鹏著 .—上海：上海古籍出版社，2005.5
ISBN 7-5325-4053-7

Ⅰ. 画… Ⅱ. 叶… Ⅲ. 绘画 – 艺术评论 – 文集
Ⅳ. J205-53

中国版本图书馆 CIP 数据核字（2005）第 034163 号

画外音

叶 鹏 著

世纪出版集团
上海古籍出版社 出版、发行

（上海瑞金二路 272 号 邮政编码 200020）

（1）网址：www.guji.com.cn

（2）E-mail: gujil@guji.com.cn

（3）易文网网址：www.ewen.cc

新华书店上海发行所发行经销 上海中华印刷有限公司印刷

开本 850 × 1156 1/32 印张 4 插页 2 字数 100,000

2005 年 5 月第 1 版 2005 年 5 月第 1 次印刷

印数：1-1500

ISBN 7-5325-4053-7

J · 238 定价：36.00 元

如有质量问题，请与承印公司联系 62662100

作者近影

序

意境的追求，是我国艺术创造的审美理想。“状难写之景如在目前，含不尽之意见于言外”，努力表现“象外之象，景外之景”，是绘画创作的成功境界。以画中之象，画中之景造势，引发观赏者移情会意，联想画外之象，画外之景。方薰《山静居画论》云：“石翁（王石谷）《风雨归舟图》，笔法荒率，作迎风堤柳数条，远沙一抹，孤舟蓑笠，宛在中流。或指曰：‘雨在何处？’仆曰：‘雨在画处，又在无画处。’”柳条飘舞，风势飒飒；蓑笠遮身，雨意淋漓。画中之景，引起了画外之景的联想。

古人品画，常说画中有声，这是画家创造的视觉形象，栩栩如生，引发审美通感，似闻其声，强化了形象的感染力量。相传蒲永升画水，夏日高悬，寒气袭人；李思训画水，画掩素壁，夜闻水声。清代画家李鱓画秋柳雄鸡，题诗云：“画鸡欲画鸡儿叫，唤起人间为善心。”画家希望画出鸡儿啼声，劝善警世，是为了强化作品的教化力量。以听觉附丽视觉，是画家的普遍追求。目尽尺幅，凝神有声，这就是古人说的画中声。

“作者得于心，览者会以意”。我把品画的文章题为“画外音”，就是为了表明，观赏者要努力体察画家创作的意向，在欣赏画中景象的同时，寻觅无画处的景象。“画外音”，表达了作为观赏者的感受和沉思，是倾听“画中声”后的会心一笑。

本书编录的品评文字，在评论壁画、国画、油画、石画、漫画、儿童画的同时，还涉及木刻、剪纸、摄影、书法、印章、根雕、奇石、泥砚、工艺设计、广告乃至城市色彩管理等造型艺术的众多领域，祈缤纷的艺术品种，为文字的浅陋补拙。是为序。

目 录

一位被遗忘的我国早期木刻家

近年，上海鲁迅纪念馆编印出版了《版画纪程·鲁迅藏中国现代木刻全集》,使我们有缘得见鲁迅生前珍藏的七幅木刻肖像。其中，陈光宗先生的《鲁迅造像》，出类拔萃，卓然堪称压卷之作。

《鲁迅造像》充分发挥了木刻艺术黑白对比的视觉优势，脸部高光留白，头发和背景叠黑厚重，观赏者的目光自然集中到五官的神采中来了。先生嘴角含笑，幽默之状可掬；双目微眯，慈爱之态毕呈。仁者可亲，智者可敬，把斗士的精神，隐寓在悲世悯人的情态之中，这是红尘中人的造像，是最准确的鲁迅造像。从木刻的艺术语言来看，整个画面洋溢着光的美感和趣味，在脸部的留白中，黑色点线运刀简洁，生动展现了五官的表情。在发际和背景之间，白色的点、线、弧、曲，星散其间，在极富节奏感的黑白旋律中，勾勒了头部的轮廓。《鲁迅造像》在刀法上，以圆口刀为主，间以三棱刀口，流畅和刚劲，完美结合。在我国早期木刻中，技艺达到如此娴熟精美的地步，实属罕见。更令人惊讶的是，《鲁迅造像》的作者陈光宗先生，当时年仅一十七岁！

鲁迅像（木刻） 陈光宗1932年作（17岁）

陈光宗生于1915年，温州人。父亲陈杏人，是浙南儿科名医，且经营茶栈，曾被举为温州茶叶同业公会会长。家境殷富且交游广阔。陈光宗就读瓯海中山初级中学时，陈家已迁居温州蒋家巷13号祖宅，屋宇宽敞。为了方便同学欢聚，陈光宗将小楼改为同学们公用的书房。陈杏人育才心切，不惜重金，购置了大量国外书画，小楼书报充盈，名画满壁，同学们读书赏画，流连忘返，眼界大开。陈光宗与同学组织"动荡文艺社"，同窗少年，崭然显露头角。他曾与同学林夫分别创作鲁迅和高尔基的木刻肖像，发表在《动荡文艺报》上，可惜原件无存。

在初中读书期间，陈光宗还以漫画形式绘制连环图画，开创温州连环画创作之先河。1940年11月出版的《画阵》，特载文介绍：《温区民国日报》"刊登陈光宗君取材于《水浒传》的连环画"盛况空前，被誉为风格奇特的画苑奇葩；感叹黑白木刻，未能尽展作者的艺术天才。

1933年，陈光宗赴沪学画，就读于陈秋草、方雪鸿创办的"白鹅画会"，且与在上海美专读书的林夫、在上海某大学读书的胡今虚来往甚密。当时，鲁迅先生正倡导木刻运动，林夫心存踊跃，但无钱购置木刻刀具，束手无策。陈光宗从上海内山书店购得三套盒装日本木刻刀具，分赠林夫，从此启动了林夫木刻创作的艺术实践。1936年10月8日，鲁迅与林夫等青年木刻家，在上海第二回全国木刻流动展览会上见面，合影多达八帧，成为我国版画史上的珍贵文献。林夫紧挨先生围坐，躬身聆听的神态，十分动人。1940年，林夫被捕，在上饶集中营中，还向难友们出示珍藏的与鲁迅先生的合影，眷眷情深。陈光宗风闻林夫被捕，特意在《画阵》创刊号上，刊登了林夫的木刻《失去了妈妈的孩子》，寄托对战友的深情。1942年6月17日，林夫被枪杀，在他的左手中，还紧紧捏着那张被鲜血染红的与鲁迅合影的照片。

陈光宗的少年学友胡今虚，因读《三闲集》，曾写信向鲁迅请教。《鲁迅造像》也是由胡今虚寄给鲁迅的，鲁迅在1933年8月1日的日记中，曾记下"……得胡今虚信。……得陈光宗小画像一纸"这段话。1934年秋，陈光宗在内山书店邂逅鲁迅先生，仰慕由衷，欣然作画。胡今虚在《鲁迅画像的遭遇》一文中，回忆了当时的情景：陈光宗偶见"鲁迅闲坐在那里，印象很深，立刻把他当时的神情画在记事簿上，回来再用墨笔润饰起来。用的是漫画笔法，画着鲁迅坐在一条小凳上，蓬着粗黑的短发，穿着旧长袍，脚上套着胶底鞋，一只手垂着，一只手指缝里夹着烟卷，烟雾袅袅的，态度十分闲散……神情极相像、生动，比之许多常见的鲁迅画像，另有神趣"。胡今虚曾将此画先后投寄《文学》、《太阳》、《漫画与生活》、《芒种》等四个刊物，终因文禁森严，未能发表。鲁迅闻讯后，关切殷殷，于1935年4月10日，致函《芒种》主编曹聚仁，索要画稿，信曰："陈先生的漫画，望寄给我。他日印杂感集时，也许可以把它印出来，所流转的四个编辑室，并希见示为幸。"1936年，胡今虚又将原画寄给《作家》月刊，主编复函刊登，不久，《作家》又因故停办。真是一波三折，好事多磨。这幅鲁迅漫画肖像，终未能面世。鲁迅欲得此画，也无缘如愿。直到解放以后，许广平曾多次追寻原作，奈世事多变，人间沧桑，即令皓月临窗，也寻人不见了……

抗战期间，陈光宗创作的木刻有《不堪回首》、《文明欤？野蛮欤？》、《日本军阀后顾之忧》等等，并绘制了大量的抗日漫画。1937年10月19日，永嘉"战青团"隆重举行鲁迅逝世周年纪念大会，陈光宗连夜赶制的大幅鲁迅遗像，为游行队列的前导，这是他创作的第三幅鲁迅画像。

50年代后，陈光宗在"三反五反"中蒙冤不白，更因老友"托派"案的牵连，从此无法摆脱政治阴影。陈光宗笔墨尘封，报国无门，斯人憔悴！他的长女陈浅苹曾凄楚地描述她父亲的情景："当时父亲须发皆白，垂垂老矣！且长期蜗居，身心俱损，老年性痴呆症的早期症状已露端倪。家父终日自闭，常常整日躲在厨房里，不愿见人，不愿外出。唯一的爱好，是坐在电影院里看电影。同一内容的电影，能连看二三场，不知疲倦，不觉厌烦，也不思回家；但细问电影情节和对话，又茫然不知。所以，我常常想，父亲其实并不是在看电影，而是在电影院那种特殊的氛围里，追思往事，在回忆，在遐想，在品味，其情可悯！"

1986年10月，胡今虚重访陈光宗。嘱他在鲁迅逝世五十周年前夕，重绘鲁迅的三幅肖像。两位老人，相对温馨；如梦往事，翩跹重现。半个世纪前邂逅鲁迅先生的情景，刻骨铭心，挥之不去，竟成铜铸玉雕的记忆，时间和病魔均不能溶蚀。陈光宗握笔展纸，凝神结想，一挥而就。重绘的鲁迅肖像，形神酷似原作，令人拍案惊奇！对于一位72岁的老年痴呆症患者来说，这无疑是一个奇迹。生命最后呈现的灿烂瞬间，正是爱的电光石火。在这灿烂的瞬间，苏醒了陈光宗对鲁迅先生拳拳不渝的敬爱，苏醒了陈光宗对绘画艺术终生不移的痴情。

《鲁迅造像》和它的作者，在尘封70年后，灿然面世，这不仅为我国早期木刻的成就增光添彩，也是对陈光宗先生在天之灵的告慰。

一九三三年夏，试绘于温州。

一九三四年七月鲁迅在内山书店。

一九三七年十月，鲁迅逝世周年温州纪念大会及游行所制鲁迅像。

（以上三幅鲁迅肖像，均系陈光宗1986年重绘）

当代公共艺术杰出的开拓者

——袁运甫公共艺术论文集《有容乃大》序

袁运甫教授是当代公共艺术最杰出的开拓者。中国现代壁画，滥觞于1979年面世的首都国际机场壁画；弄潮推波，掀起磅礴巨澜者，当推袁运甫教授。近20个寒暑，他笔耕色播，劳作弥艰，恪尽艺术家的社会责任。袁运甫对现代公共艺术的贡献是全方位的，举凡理论研究、创作实践、材料开拓、工艺革新以及相应的美术教育的改革与实践等，他的业绩均已赫赫扬扬，蔚为大观。时代机遇与自身素质，成就了袁运甫在中国现代公共艺术历史上不可取代的重要地位。

袁运甫，江苏南通人，生于1933年农历五月六日。据《通州文庙碑》记载，袁家先祖袁随自河南迁入南通，所以袁家一直沿袭“汝南堂”旧称。袁运甫忆及儿时祖母逝世时，父亲嘱其在灯笼上描写“汝南”二字，淡紫色的宋体字，诱发了他对祖辈幽远的怀念。袁运甫的外祖父家，系北宋哲学家二程（程颢、程颐）的后裔，“文革”前，程家尚存二贤堂木匾。袁运甫14岁时，外祖父程曙升仙逝。少小习艺的袁运甫，曾为老先生作油画遗像，他在《艺事录》中曾著文记述：“当我看到上百人向这幅油画遗像跪拜和哭泣时，我第一次被艺术的神圣感与召唤力所震撼。”袁运甫的父亲是中学教员，喜欢书画，品味甚严，精于收藏。每年翻箱晒画，天井里流金溢彩，是儿时袁运甫的艺术节日，得到了温馨的艺术熏陶。母亲勤俭聪慧，名闻乡里。袁家的三位姑母，都是南通20世纪初的第一代师范学生。诚然，这是一个崇尚诗书的旧式文人家庭。袁运甫谨遵自重、自省、自觉的家教，一生以“辛勤耕耘无终期，不敢懈怠误艺涯”自励。袁家兄弟姐妹8人，均学有所成。大哥袁运开，是著名的物理学家和自然科学史学者，原华东师大校长。弟弟袁运生，是著名的画家。袁运甫幼年学画，追随表哥徐震（惊伯），徐震系徐悲鸿南京“中大”美术系高才生，后投笔从戎，抗日战争胜利后因病英年早逝。

1949年，袁运甫只身南下，赴杭州国立艺专学画，后转入北京中央美术学院。袁运甫师承缤纷，亲聆南北两所艺术院校风格迥异的教诲，幸获大师的身传言教，艺事大进。此后，他以巨大的热情致力于装饰艺术与公共艺术的教育事业及壁画彩墨画的创作。几十年过去了，袁运甫经历了幻想的十年，痛苦的十年，中兴的十年，现在进入了鼎盛时期。

袁运甫最大成就，是他以装饰艺术、绘画艺术和理论研究为支撑的公共艺术创作实践。他一贯实践大美术的道路，博收厚积。他认为，狭隘的专门化，是画地为牢。公共艺术随时代沉浮，它的摇篮是社会的建筑环境，因此，必须具备广阔的艺术视野。早在1931年，鲁迅在《理惠拉壁画“贫人之夜”说明》一文中指出：“理惠拉以为壁画最能尽社会的责任，因为这和宝藏在公侯邸宅内的绘画不同，是在公共建筑的壁上，属于大众的。”袁运甫的公共艺术创作，为建立城市的艺术秩序，提高城市的文化品位，鼓舞城市的奋发斗志，激励城市的追求精神，营造起广阔壮美的艺术空间，取得了世人瞩目的成就。

首先，袁运甫是一位不倦的劳动者。从1977年与黄永玉先生合作设计毛主席纪念堂大型壁毯《祖国大地》开始，袁运甫握管如恒，壁画新作迭出。1979年10月1日落成的北京机场壁画群，共6幅，这是我国现代壁画的重要开端，其中以张仃的《哪吒闹海》、袁运甫的《巴山蜀水》、袁运生的《泼水节》最引人瞩目。随后，袁运甫以如椽巨笔创作的新作，如彩霞飞来：1980年的《智慧之光》（重彩6.4米×30米，燕京饭店）；1981年的《长江万里图》（重彩2.4米×20米，建国饭店）；1983年的《山魂水魄》（陶瓷2.5米×15米，北京中国社会科学院）；1984年的《献给国际和平年》（壁毯2.5米×2米，美国纽约现代艺术博物馆）；1986年的《中国天文史》（陶瓷3米×60米，北京地铁建国门车站）；1987年的《文明的飞越》（室外镶嵌15米×18米，陕西西北轻工业学院）；1988年的《历史脚步——继往开来》（丙烯8.4米×60米，江苏南通港客运大楼）；1989年的《翔》（不锈钢与玻璃悬雕9米×23米，北京发展大厦）；1990年的《胡姬园》（丝毯3.5米×18米，新加坡国家

大型壁画《巴山蜀山》 袁运甫

贸易发展局)，《祥和之都》(铬铜镀金3.2米×18米，尼泊尔加德满都国际会议大厅)；1992年的《世界之门》(彩色花岗岩石雕5米×50米，北京世界公园大门)；《群山俊秀》(彩色花岗岩石雕9米×18米，中央电视塔)、《升腾的彩虹》(钢材喷漆圆雕25米×25米，大连经济技术开发区)……

进入20世纪90年代之后，袁运甫在艺术创作的各个方面，又有了重大的发展。在公共艺术的实践中，更重视城市环境的艺术介入，特别是他为桂林七星公园设计的“华夏文化广场”、为江苏通州市设计的“市民广场”等，受到当地人民和政府的欢迎与赞扬，为当地创造了多方面的效益。近两年来，他在“中华世纪坛”大型石雕壁画和壁画大厅的总体环境设计中，更发挥了鼓舞人心的艺术创造力，取得了突破性的成就。我们十分高兴地看到，理论界对壁画大厅总体艺术设计的高度评价。北京大学丁宁教授在《公共艺术的盛典》一文中指出：中华世纪坛壁画“中央部位的金柱设计犹如点睛之笔，为大厅中的艺术品获得整体性的宏大意义做出了非凡的贡献……九座锻铜的金柱有着中国贡献于世界的伟大发明的依托和云纹的团团簇拥，把日月光华、龙凤呈祥的寓意落实在历史与未来的奇妙连接上，令人遐想不已……它们确乎是‘世纪大厅’中最显光彩的视点，既以上下求索、参天地兮的气概呼应着周围的历史的视觉铺陈，又以更为诗意盎然的语言概括和升华整个‘世纪大厅’的主题。我认为艺术家已经将公共艺术相关联的功能与形式的统一，发挥到淋漓尽致的迷人地步……‘世纪大厅’或能视作中国未来的公共艺术的一抹夺目的曙光”。

自 1991 年应邀出席西雅图国际公共艺术节的学术讨论会之后，袁运甫更重视大城市建设的艺术规划。以整个城市为审美视野，为城市居民提供亲切的审美享受，既是时代的需要和社会审美的必然走向，也是公共艺术的新概念。现代公共艺术是对城市视觉审美的积极奉献，是现代艺术尊重人、关怀人的可贵的价值取向。在袁运甫的公共艺术创作中，深刻的人文意蕴和通俗的审美形式得到了完美的结合。同时，他在自己的实践中，也提出了系统的理论和方法。如重视公共艺术与周围环境的总体关系，强调要有清晰的全局观念，并将此看成是“责任设计圈”；同时，还应把周围空间的灯光、水面、绿化以及周围景观的材料和工艺，统统纳入艺术家设计思考的视域。近年来，袁运甫又提出公共艺术的创作设计项目，要体现当代“中国气派”的艺术精神。他认为：“艺术家的作品，不仅仅是在画面之中，而应当是在环境之中。画仅是环境中的组成部分，是一个大的和音。成功的设计者首先是创造了一个艺术环境。”他还认为，公共艺术的形象更应尊重当地文化的渊流与发展，让普通人看得懂，觉得美，激发向上精神，陶冶优雅情操。因此，他的作品，形求其美，神求其远，具象而不止于描摹，抽象而不流于荒诞，其丽在神。他的许多作品，深蕴中华民族传统文明的风骨与理念，又富有时代的意韵情致，受到了普遍的好评。

表现辉煌的文化传统和壮丽的祖国山河，是袁运甫壁画创作永恒的题材。时间，在文化创造中流逝；空间，在秀山丽水中展现。展读袁运甫的壁画长廊，强烈的爱国主题，烈足开胸，柔可荡魄！文化是人类实践的留痕，文化必然展现对人的尊重与关怀。

石鼎，石雕壁画《华夏之光》 袁运甫

在袁运甫的壁画中，破译了包括古今中外的种种文化标志，表现出作者坚实的文化学养。同时，创造性地使用这些文化标志，使壁画语言显得简洁而通俗。文化标志在袁运甫的壁画中出现，不是凝固的智慧，而是苏醒的创造过程，是新的追求起点，是文化接力的足印。超大型壁画《华夏之光》、《中华千秋颂》、《文明的飞越》、《智慧之光》、《世界之门》、《中国天文史》等，堪称展示文化辉煌的经典之作。整个画面，涌动着不倦的创造精神。大型壁画《巴山蜀水》、《山魂水魄》、《华夏神韵——万里长城》并非仅仅为秀丽山河存照，壁画中的祖国河山，令人魂牵梦萦，洋溢着人民的深沉情爱和民族的磅礴魂魄。

公共艺术只能在已经确立的环境中面世。独特的主题与形式，必须展现在能为主体设计烘托造势的典型环境之中。袁运甫总是把环境纳入设计的视野，使主体设计与特定环境互为依存，融为一体。如桂林“七星公园华夏文化广场”中的壁画、雕塑、舞台、灯光、水面以及周围的山体、草坪、林木、道路，经作者反复推敲，已成为一个整体。作者说他在设计之初，经营面积不及现在的一半，待后来登上面对壁画的月牙山顶，俯视这块四面环山的盆地之后，才决定依山造势，扩大绿化与舞台空间，以容纳旅游活动的需要。“七星公园华夏文化广场”的设计，从平面设计的比例，到立面空间的层次节奏与体量关系，还要考虑到旅游人流的动态走向，才最终决定了广场的结构关系。正因为对“华夏文化广场”空间特色的成功附丽，壁画和雕塑的艺术材质、风格、气势方能与“七星公园”这一古典文化公园浑然一体，天趣盎然。袁运甫这一成功的艺术设计，几年来一直成为来桂林观光的中外游客钟情的热点。又如大型彩色柱体群雕《升腾的彩虹》，坐落在两条公路回环交叉的中心，四方呈形，八面取景，把环境艺术多侧面多层次的审美要求，发挥得淋漓尽致。更兼公路两侧，为白色群楼，整个圆柱群雕，像破土而出的彩色丛林，又像一截从天顶飘落的凝固的彩虹，在一片洁白群楼的背景中，树红耸翠，使色彩对比十分强烈，令人心旷神怡。

袁运甫的设计，还十分注重材料的选用。新材料的采用与开拓，往往是现代科技成果的展示，也是公共艺术现代意识的直接

彩墨画《朱荷碧盖》 袁运甫

彩墨画《荷塘月色》 袁运甫

标志。袁运甫在他的艺术实践中，根据主题与环境的需要，采用重彩、丙烯、金属、陶瓷、石雕、印染、刺绣、编织、玻璃、镶嵌、木雕、漆艺……几乎涵盖了所有工艺材质。材料随环境取舍，材料为主题作势，使形质神韵浑然天成。当然，新材料的采用，往往令施工十分艰难，如以不锈钢与有机玻璃制作的大型悬雕《翔》，4根直径为12厘米的钢管，要求焊接无痕，并由粗而细，逐步消失到如同针头的灭点。作者苦心经营，终成无缝天衣，使庞然大物，凌空轻捷，臻为化境。袁运甫筚路蓝缕，运用新材料、新工艺的成功探索，为后来者积累了宝贵的经验。

公共艺术的魅力在于独创，似曾相识的摹本，是对视觉审美的轻慢，只有独此一家，方能带来发现的惊喜，才能展示艺术创造的精神。袁运甫的公共艺术创作，题材广泛，构思新颖，材料拓新，可谓新意迭出。不重复前人易，不重复自身难。袁运甫求新求变的精神，使他在我国现代公共艺术的创作实践中，始终处在披荆斩棘的奔赴之中。他曾在谈笑中提起三年前的冬天，中科院三位长者来访，邀请他担任一座中国最大的编钟“中华和钟”的美术总设计。他们热情恳切的由衷之言，深深感动了他。袁运甫用近一年时间，出色地完成了这一任务，获得“国家珍品”的最高评价。他总结这座历史上最大的编钟的制作采用了“九材九艺”，是高度综合、精心钻研始得以完成的。我笑问他：“您花了这样大的功夫，定有重赏！”他坦言：“为国效劳，何言赏赐呢？如说效劳是真的，不仅仅是我，还有我的得力助手袁加，他花的工夫不比我少。他也说过，‘我们家都是天生的打工族，为了一件完美的艺术品，特别是国之礼器，敬业奉献，十分值得’。”实践表明，真正的艺术家，最关心的是作品的质量，只有信奉艺术至上的艺术家，才会以自己的辛劳，带给人民真诚的奉献！

对袁运甫来说，他不仅仅视大型壁画或公共艺术为至大至尊的神圣使命，也十分关注城市的建筑艺术，特别是建筑所形成的整体环境效果。在北京2000年城市建筑外立面清洗粉饰工作中，他作为市专家组成员，深入各市区居委会，先后十余次参与研讨论证，提出了北京城市色彩“以含灰色彩为主调”的意见，并分别在电视、广播中作了阐述。今夏，北京市因其出色的贡献，授予他“优秀专家”的称号。

彩墨画是袁运甫艺术创作的另一领地。袁运甫学画始于国画水墨，大学时代受林风眠、董希文先生的影响而研习水粉画。在学贯中西的一代宗师那里，领略了色彩的魅力。明清以降，中国文人笔下的水墨，风骨卓绝，神韵高迈，笔墨更臻主导，色彩旋成附庸。近代大师林风眠等，以现代绘画的丰富语言，重振色彩雄风，使现代绘画取得了突破。袁运甫早期绘画以水粉为主，他的数以千幅的水粉写生画，至今仍被画界盛赞。60年代初，袁运甫开始用彩墨在高丽纸上作画，尝试彩墨结合、色韵交融、中西相补的艺术效果，以期色彩和水墨为两翼，实现中国现代绘画的腾飞。袁运甫的彩墨画，致广大，精细微，集大胆泼墨不求形似与精心刻画状物毕肖于同一画面之中，既笔落风雨，气度恢宏，又传神阿堵，妙到毫颠。袁运甫彩墨画的画面结构，极具设计匠心。他把壁画创作受空间制

彩墨画《幽香》 袁运甫

约的环境意识，引入彩墨画面的经营之中。装饰趣味，在袁运甫的彩墨画中，上升为大格局的结构设计，致使画面完整，秩序井然，既有设计意识，又有自由精神。

袁运甫笔下的色彩，运用汉唐壁画民间美术特有的明丽色彩，具有独到的气度和表现力。最近，我国旅美艺术家王己千老先生，以其收藏家的敏锐眼光，指出袁运甫的彩墨画“能将中西画法熔合一炉，较诸油画，有过之无不及”。高论精深，一语中的。色彩在袁运甫的彩墨画中，已非随类傅彩，色彩构成本身已具独立的感染力量。

袁运甫彩墨画的题材，大半为乡土乡情。乡土情结是画家生活和灵感的不尽源泉，离乡日远，思念弥深，故乡的一山一水一草一木，都蒙上了诗意的色彩。带着挚爱和深情，袁运甫对家乡风物的描绘，洋溢着浓郁的风俗意蕴和悠远的抒情情怀。但是，他的乡思却又带着现代人理性审视的目光。如《梦乡邻》是一幅构思十分别致的作品，古老的田园之梦已被现代生活的进程无情阻隔，旧时的房舍已退向画面的深处，迎面展现的则是现代生活的构建。这是梦中的幻觉？这是生活的写照？在画家沉思的静寂中，我们仿佛听到了生活前进的脚步声。

荷塘是袁运甫彩墨画的另一个温馨的题材，是袁运甫不倦经营的一个美的境界。夏荷吐艳也罢，秋荷败落也罢，都能给人以美的享受。袁运甫的荷塘系列向人们提示，生命运动的每一个过程都是美的，都是生命的足迹，是美的不同侧面的呈现过程。美是生命，美是生活。在荷塘系列中，画家描绘的对象，取材迥异，绝无雷同，或以荷花为主，或以荷叶为主，或以莲蓬为主，或以残茎为主，均能自成境界，况味各异。画家的诗情才艺，得到了充分的展示。袁运甫画荷始于“文革”以后，其画风随心境而变，70年代多愤激桀骜之气，80年代多高洁昂扬之态，90年代更趋自由，潇洒精致的神韵充溢画面。十分可贵的是，袁运甫善于把环境艺术的构成关系化入画面之中，形成了画面结构的完美整体。袁运甫的彩墨画工写结合，随心即兴和着意设计相辅相成，绘画的装饰性与形式美都在自由状态中流露出来。

绘画表明，袁运甫既借助于传统技法，又十分珍重视觉的感受。他曾经在一篇文章中说，过去的中国画主要是个人的藏品，现在的中国画更多的要进入现代建筑环境。因此，作为整体建筑艺术风格的组成部分，中国画的创作也必然面临新的空间选择，亦必然引发中国画的现代美学意义的思考。袁运甫在推进中国画的发展实践中，牢牢把握传统技艺的继承与发扬，他尊重老一辈艺术家的成就，虚心学习交流。他对已故的张光宇、庞薰琹、卫天霖、雷圭元、高庄、常书鸿等先生，以及健在的张仃、吴冠中等先生，都有深入的研究，并著文从理论上加以总结。同时，他还给自己的学生或青年艺术家，写下了许多热情的评介和期盼的文章。在青年美术工作者面前，他是一位拥有全面教育经验和敏锐

彩墨画《荷香》 袁运甫

洞察力的好导师。袁运甫十分重视作为当代中国画家的全面修养，他在理论、文史、中西艺术比较等方面，都有扎实的研究，并就有关艺术理论、装饰艺术和现代与传统问题发表过专论。他认为，只有理论上的高起点，才有可能领悟自身的社会责任，才能开阔视野，才能使笔下的反映对象臻于壮美的精神境界。

袁运甫对我国现代公共艺术的贡献，还在于他长期担任中央工艺美术学院装饰艺术系的主任。作为一位有影响的艺术教育家，他以自己辛勤的劳动，外化为教育对象的成才，培养了众多公共艺术和装饰艺术的人才。至今，他还是6位博士生的导师。

我国现代壁画艺术中，张光宇先生是拓荒的元老，张仃先生领导并实现了老一代的梦想。历史的钟情，使袁运甫先生成为推进壁画艺术不断发展的实践者和组织者。袁运甫在1980年，就提出了壁画专业教学“三结合”的原则：(1)壁画专业创作教学与工艺材料的科研相结合的原则；(2)壁画专业创作与社会实践的锻炼相结合的原则；(3)重视民族民间艺术传统与学习西方现代艺术相结合的原则。这一教学思想既体现了本专业老中青三代教师共同的学术主张，也昭示了专业发展的前景。他主张实行工作室制的教学方法，建立设计中心，进行学制与课程的改革。筹募创作基金，开展国际交流，使装饰艺术系的教学、科研以及艺术实践均取得了出色的成绩。1990年装饰艺术系的教学成就，荣获国家专业教学成果一等奖，当时，在全国艺术院校中，获此殊荣者仅此一家。

结合教学研究，袁运甫的理论著作甚丰。继文论《装饰艺术散论》后，人民美术出版社又出版了他的20余万字的新著《悟艺集》。袁运甫关于融装饰——建筑——环境于一体的“大美术”思想，将在现代美术实践中产生积极的影响。

袁运甫还十分关注艺术与科学的交流。他曾经说过：“我有许多创作是得益于科学思想以及那个神秘的未知世界的诱导。”他在《论艺术的历史观和科学观》一文中，对艺术和科学的关系作了精辟的论述：“艺术和科学具有内在的一致目标和精神基础，观念形态和物质形态有着不可分割的联系。简言之，它们共同具备着人类最珍贵的创造精神以及对真理的普遍性追求。艺术家的创新和科学家的发现，都是人们以智慧和情感在不同领域以不同方式获取的。科学与艺术之间构成了相辅相成的格局，它是人类文明的两个翅膀，科学以实现宇宙奥秘的探索为目的，艺术以实现理想的审美为己任。因此，艺术家注重历史观与科学观的一致，这是至善至美的追求，具有最本质的和谐与完善。”以共同的创造精神和对真理的普遍追求，作为艺术与科学发展的动力，既是对人的关怀和尊重，也是对人的赞美。

艺术与科学相伴，袁运甫与李政道先生的友谊，正是生动的例证。1994年6月26日，李政道先生致函袁运甫，邀他“为明年5月中国高等科技中心举行的‘自由电子激光’国际研讨会”创作主题画，“为‘艺术与科学’的结合开一新方向”。李政道并附上速写二帧，表达他的构想。袁运甫为自由电子激光国际会议绘制的主题画，把古汉镜、烽火台、万里长城和激光技术构建在一起，落想奇异，美妙无比，受到李政道先生的热烈赞扬。他认为，这是“由传统国画之风，表现西方Leger等未能达到的意境”，并作诗述怀。诗曰：

汉镜古朴，
反复激光，
以自由电子行运，

立长城烽火台甫。

在三、四两句，李政道先生暗嵌“运甫”二字，是对袁运甫的热情褒奖。这一段科学家与艺术家情牵意合的佳话，生动地反映了袁运甫创作中的现代科技意识，这也正是袁运甫能够引领现代公共艺术的思想基础。

袁运甫虽已年逾花甲，但体魄强健，精力过人。1991年他为尼泊尔加德满都创作大型壁画时，为搜集素材，驱车喜马拉雅山脉，在乌云蔽天、狂风呼啸中，专心写生，画出了大批精美之作。花甲六十后，袁运甫正当艺术盛年。近几年，他在艺术上创意大发，连续中标担任国家重点艺术工程项目的主笔——安装在故宫“太庙”的《中华和钟》，安装在“中华世纪坛”的《中华千秋颂》石雕壁画和中央金柱《日月光华、龙凤呈祥》等的总体设计，以及安装在北京国际机场的重彩壁画《华夏神韵——万里长城》。在他看来：“人活着就是为后代积累文明，中国数千年文明所以能获得发展，正是在于一代代的人们都意识到：积累文明是每个人的责任！”袁运甫任重道远，中国现代公共艺术，将随着建筑环境的发展，随着城市文明的进程，走向辉煌！

壁画《华夏神韵——万里长城》 袁运甫

公共艺术的新开拓

——袁运甫《升腾的彩虹》赏析

袁运甫教授最新创作的超大型彩色圆柱群雕《升腾的彩虹》，在大连市炮台山前落成。这座蕴含现代文化品位的公共艺术，为环山滨海的大连市，增添了一处崭新的景观。

彩色圆柱群雕，由14根钢柱组成，柱表饰以红、粉、黄、绿、蓝、紫等多种颜色，流光溢彩，亮丽无比。彩色钢柱环卫聚集，拔地而起，顶部为椭圆削面，向高空放射，显示了我国沿海14个开发区锐意进取的磅礴力度。圆柱以不同的圆径和高度，形成错落多变的时空感，简洁而多姿；圆柱间以银色拱桥相联接，展现了完美的整体感，显示团结凝聚的力量和交流沟通的意蕴。银色拱桥高低、方位各异，极具装饰趣味，质朴中显现精巧。整个圆柱群雕，像破土而出的彩色丛林，又像一截从天顶飘落的凝固的彩虹。《升腾的彩虹》是一座构思精妙、匠心独运的公共艺术杰作。

彩色雕塑，在我国当代环境艺术创作中，筚路蓝缕，是首创的一例。雕塑高25米，宽22.5米，长25米，气势雄伟。基座由白色花岗石筑成，四周绿草为坪，色彩对比明快，给人洁净明快的视觉享受。群雕地处两条公路回环交叉的中心，四方呈形，八面取景，把环境艺术多侧面多层次的审美要求，发挥得淋漓尽致。加上公路两侧，是一片白色楼群，在洁白的背景中，树红耸翠，色彩的对比和呼应，十分强烈，令人心旷神怡。

袁运甫教授是我国当代公共艺术著名的艺术家之一，他锐敏勤奋，新作迭出。艺术走上街头广场，是现代艺术尊重人、关怀人的价值取向。现代公共艺术是对城市视觉审美的积极奉献，是城市文化品位的标志。袁运甫教授的公共艺术设计，总是把深刻的人文意蕴和通俗的审美形式成功地结合起来，他十分关注公共艺术要让普通人看得懂，觉得美，激发向上的精神，陶冶优雅的情操。因此，他的作品，形求其美，神求其远，具象而不止于描摹，抽象而不流于荒诞，这是公共艺术最通俗的审美要求。其次，袁运甫教授的设计，十分注重材料的运用。新材料的采用和开拓，往往是现代科技成果的展示，是环境艺术现代意识的直接的标志。第三，公共艺术只能存在于特定的环境之中，因此，主体设计必须与已经存在的环境融于一体，相得益彰。独特的主题与形式，必须展现在典型环境之中。第四，公共艺术的魅力在于独创，似曾相识的摹本，是对视觉审美的轻慢，只有独此一家才能带来发现的惊喜，才能激发创造的精神。《升腾的彩虹》表明，以彩色为审美对象，已不是绘事的专利，它同样可以被现代雕塑所拥有。这是意义重大的艺术实践。

群雕《升腾的彩虹》 袁运甫

公共艺术在我国方兴未艾，它将为提高现代城市的文化品位，作出重大的贡献。现代公共艺术不仅依靠艺术家的精心设计，还有待科技家、园林家、规划家和行政官员的通力合作和正确决策。大连市公共艺术新作《升腾的彩虹》的建成，也说明了这一点。希望我国城市的公共艺术，不断出现开拓性的新的杰作！

创意自我　功期造化

——袁运甫壁画新作《万里长城》观后

壁画家袁运甫教授在为北京发展大厦创作了不锈钢巨型壁画《翔》之后，今天又完成了北京饭店门厅，具有大青绿金碧山水传统风格的大型壁画《万里长城》。

我极为感佩画家的创新精神与创作才华，袁运甫的每幅宏制巨构，总是创意独特，令人耳目一新。但有两点原则，他却又始终如一，坚持不舍，这就是把民族化与现代化融为一体，把特定的建筑环境与建筑功能协调一体。袁运甫教授的创作态度极其严肃认真，重思考，好钻研，常在创作过程中因排解疑难而废寝忘食。如壁画《万里长城》的创作，为解决难题，他几天站在北京饭店门厅里，面对大厅内四根金柱与环境的色调沉思，他心里暗想："此殿堂风采非金碧大青绿莫属耶。"同时，他研究了众多表现长城的美术作品，多为山脉气势为主，长城实为点缀。于是，他重登长城，跋涉山峦，面对雄山凌霄，台堡立岭的气势，决定以长城造型为主，用薄浮雕技法绘制，以加强长城的表现力。再者，如一味模仿唐代李思训大青绿，则又有宫廷手卷或庙堂壁画之嫌。况此作将高悬大厅四米之上，于是决定以大刀阔斧的色块组织为主，渲染变幻的表现为辅，强化壁画的层次和力度。使壁画虚实相间，以增强整体的视觉冲击力度，又能给人以悠远的遐想。

袁运甫教授苦心孤诣，在近半年的构思和绘制过程中，付出了艰辛的劳动。壁画《万里长城》从设计到安装落成，袁运甫事必亲躬，极端认真，使我们看到一位艺术家的精益求精的敬业精神！

现代意识和传统神韵

——评叶承曦的壁画

最近，我国驻美使馆商务处的中央大厅，绘制落成了一幅大型壁画《山迎水接》。壁画设计蕴涵的现代意识和传统神韵，引人注目。

《山迎水接》描绘了广袤的宇宙空间，云涛簇拥，渺无际涯。我们伟大祖国的形象，以一派壮阔绮丽的青山绿水，展现在冉冉升腾的地球之上。画面两侧崇山峻岭，峰削峦横，移步景异。漫山长松巨木，直干取势，擎撑长天；画面中央湖天浩渺，白水如带。整个画面近山远水，格局空灵，极尽淡远之妙趣，为我们营造起一处可行可望可游可居的胜景。海外游子面对《山迎水接》，故乡之思、祖

《鸟市》 叶承曦

壁画《山迎水接》 叶承曦

国之思，心潮迭起；国外友人面对《山迎水接》，中华之恋、东方之恋，浮想联翩。壁画神似国画，却运用油画的透视技法。壁画构图抽象，如时空变换的处理；绘景取法传统，如云涛图案的运用。《山迎水接》在追求传统风格和现代精神的结合上，取得了成功。

壁画的作者是原洛阳师院美术系教师、旅美青年画家叶承曦。1989年，他在中央工艺美院学习装饰绘画专业。在校期间，他的创作就取得了可喜的成绩。他的作品《鱼》，参加了“香港中国画精品展”；《鸟市》参加了在新加坡举办的“中央工艺美院师生作品展”，并被收藏。特别是壁画《敦煌神韵》，荣获日本“泷富士美术奖”。毕业后，叶承曦的作品日趋成熟。他的主要作品有：在日本广岛展出的木雕《东方之光》，为洛阳师院图书馆制作的丝毯壁画《古韵》，为北京图书大厦大厅制作的系列铜浮雕壁饰，为北方车辆大世界中央大厅制作的铜浮雕壁画《车水马龙》，等等。2000年，叶承曦应邀赴美，主持中国驻美使馆官邸的艺术设计，创作了紫铜浮雕《龙》等一系列作品。为大使馆商务处创作的《山迎水接》，是最新的力作。

叶承曦的美术作品，贯穿着东方文化品格，表达了中国古代文化的辉煌，如他的大型丝毯壁画《古韵》，主体形象和色彩构思，师

法敦煌的造型和色彩。同时，画家又以现代的人文意识，走出敦煌宗教艺术的神秘氛围，让昔日的辉煌和未来的向往同时呈现。这幅作品着意表现天人合一、万物祥和的中国文化精神，表现了一种慈悲心态和调解精神，蕴含对人类的关怀。壁画中心开启的一片蓝天，充满了人与自然交流的向往，表现着对未来的憧憬。《古韵》的画面大胆采用现代的构图形式和构成方法，运用分割与透视等现代艺术语言，使画面在洋溢着传统韵味的前提下，极具现代的审美精神。

叶承曦作品的另一个特点是：极力表现中华文化的华美气度。铜浮雕壁画《车水马龙》，展示了车骑演变的全景。车辐旋转，有如百花齐放；车轮腾空，牵动朵朵云彩，使整幅壁画处在不息的飞动之中……叶承曦在他的壁画和壁饰中，钟情青铜紫铜材料，为表现东方艺术华丽精美的品格，找到了最佳的审美载体。

叶承曦在敦煌艺术的研究过程中认知："艺术综合的直接后果是一种新的生命的诞生。"今天，叶承曦在学习传统艺术的基础上，又有缘亲近西方的现代艺术，我相信，他一定能够努力吸取东西方艺术的精华，在不断的艺术实践中，创造艺术的新生命，画出更新更美的图画来。

古韵悠长

壁画《古韵》，又名《敦煌神韵》（长9.6米、宽3.55米）。壁画的主体形象和色彩构思，师法敦煌的造型和色相。作品以现代艺术的精神，使敦煌艺术走出宗教神秘的氛围，融入明朗的现代的人文意识。让昔日的辉煌和未来的向往同时呈现。

敦煌艺术是中国古代艺术的高峰，它是中国传统哲学思想、重彩壁画艺术和佛教精神最完美的结合。壁画《古韵》着意表现敦煌艺术体现的中国文化精神：天人合一，万物祥和。表现了一种充满智慧的慈悲心态和调解精神。禁绝贪婪，克服骚动，达到精神上的

壁画《古韵》 叶承曦

超脱和宁静。这里没有张扬英雄和欢呼胜利，只有良知的发现和开启；没有欣喜若狂的开怀大笑，只有睿智深思、慈悲为怀、普渡众生的微笑。表现对人类的关怀，对智慧的崇拜，是壁画的主题。

壁画《古韵》采用最具中国传统意味的石青、石绿、土红、赭石等色彩，形成了鲜明的中国特色、民族品格和传统神韵。壁画摆脱了崇古心理，使作品远离低徊的怀古情调。画面大胆采用现代的构图形式和构成方法，运用分割与透视等现代艺术语言，在不失传统的前提下极具现代感。壁画《古韵》是敦煌艺术在现代艺术中的再现，表现了现代人对传统文化博大精深的认识和理解。正如中央工艺美术学院袁运甫教授在评价《古韵》时所说的："这是对大家进行传统文化教育的很好教材。"壁画《古韵》既反映了中国传统文化和谐、恬静的精神，又表现着人类对未来的憧憬。画面中开启的一片蓝天，是对自然的渴望，充满了人与自然交流的向往。而丝毯华贵、柔和的审美特点，使主题获得了一个高雅明丽的艺术载体。

明镜不疲屡照

——《冯霞笙中国画作品集》序

冯霞笙先生是洛阳画界前辈，春风化雨，桃李葱茏；人品画品，河洛蜚声。冯霞笙先生1919年生，原籍河南信阳。先生少年嗜画，沉醉丹青，师从著名山水画家欧士道、陶一清先生。艺出名门，接受了传统技法的严格训练。1939年毕业于武昌艺术专科学校绘画系。

抗日战争时期，冯霞笙先生投笔从戎，参加抗敌演剧第三队，从事音乐、美术工作。1944年后，投身教育事业，先后在许昌师范、武汉大学附中、国立河南高中女中等学校任教。1950年调来洛阳，先后执教于洛阳师范、洛阳师专和洛阳二师。

冯霞笙先生在悉心培育学生的同时，握管如恒，创作不辍，形成了俊逸隽秀的艺术风格。冯霞笙先生的作品巧密精思，讲究意境，摒绝繁艳，其丽在神。先生擅长兰竹、山水，他画的兰竹，纸净墨朗，不设背景，喜气写兰展其柔情，怒气写竹喻其侠骨，着意传神。如他的《晨露》，晨露滋润，竹叶微垂；风动有声，生机勃发，努力表现青竹承露的种种意态和精神。又如《晴空万里》，初夏时节，晴空万里，竹竿挺拔，竹叶舒展。落笔浓淡有致，画面层次分明，在淡雅的意境中，透露着劲节高风的君子气度。冯先生的山水，则更有传统的特色。他的画，十分讲究虚实、远近、疏密和浓淡，在画面的布局中体现诗的经营。他画的雪中、月下、雨后的山水，更有一种云烟变灭，岚光吞吐的朦胧美，令观赏者神往。《黄山百丈泉》，是先生山水画的压卷之作，传统的笔法和创新的构思，融合无痕。画中层岩叠嶂，气度恢宏；流泉松涛，清韵悠远，在磅礴大度之中，隐隐流露妩媚的神态。又如《绝尘》，原系写生草稿，画成天然。绝壁下，清泉一泓，洗尽红尘喧闹；源头深幽，引人入胜，展现了一幅超凡脱俗的桃源景象。

冯霞笙先生以清秀纤细的笔触写黄河，则是一种难能可贵的尝试。在冯先生笔下，黄河虽无浊浪崩云的声势，却具平波浩淼的气度，从另一个侧面展示了黄河博大从容的风貌，别具一格，颇足玩味。顾恺之云，画山水必待“迁想妙得”，就是说需要一个情景交融的构思过程。冯霞笙先生在创作中追求的，也正是外师造化，内发心源这一国画的现实主义传统。

继承传统，决非拒绝外来的技法。在冯霞笙先生的国画中，我们可以读到他对西画远近明暗表现手法的借鉴。他的山水小品，光感明丽，颇具水彩的韵味。风格的多样，正是冯先生艺臻成熟的标志。

冯霞笙先生明镜不疲屡照，清流不惮惠风，半个世纪以来，理纸磨墨，施教殷勤，以毕生的心血，外化为教育对象的成才。放眼豫西画界，大多出自先生门下。冯霞笙先生寿登耄耋，检点画箧，选编成册，流惠后生，这是洛阳画界的盛事。我奉命献序，惶恐莫名。“愿乞画家新意匠，只研朱墨作春山”！祖国河山，满眼春容，祝冯霞笙先生人健笔更健，抖擞精神，画出更多更美的图画！

国画《黄河》 冯霞笙

石质　诗境　画意　禅韵

赏石之风是我国传统的审美情趣，“石乐人乐，以石作乐；石身人身，以石修身；石性人性，以石养性；石道人道，以石悟道”。以石喻人，咏石明志。赏石的过程，寄蕴着人生艰难的品味和人格自重的追求。历史上嗜石成癖的文人画师，如白居易、苏东坡，如米元章、郑板桥，无一不是性情中人。

杨中有先生在赏石的基础上，借势点染，唤醒石中魂魄，创造了存天趣，融真情的心境艺术——石画，这不仅是一种技艺，更是一种智慧。“画师争摹雪浪势，天工不见雷斧痕”。天造地设，苏轼的这两句诗，正好被看作对石画艺术的品评。

石画艺术的基础是慧眼相石，这是美的发现。敏于鉴，是石画创作的第一步。天然石质中的形、色、纹、理，是石画美韵的本色。审美主体能否发现它，则与审美主体的兴趣、资质、学养、品位有关。这是人格的审美对象化，是审美对象的人格化。因此，对石质的发现、领会、联想和创意，使石画创作的构思得以完成。发现是审美的起点，领会是审美的深化，联想是审美的扩展，创意是审美的飞跃。

石上画境的创造，是石画创作的中心环节。造化神奇，鬼斧神工，石面上的烟岚水色，峰映碧流，往往令人拍案叫绝。我说石画是心境艺术，是指面对造化奇观，画家要用心品味，着意创造；因材施艺，就色造奇。人补胜境，方能出现主观情意和外在物象的融融吻合，出现“天人合一”的奇妙意境。杨中有先生的石画巧在借势，应物象形，随类傅彩，追求神采为上，形质次之。似与不似之间，历来是绘画创作的上品，太似媚俗，不似欺世，石质的天然景色，正在似与不似之间。在石上作画，不昧天真，不掩浑朴，天真益增灵气，浑朴方显奇妙。寥寥几笔，尽现物象精神，似有神助。石涛云：“画必似之山必怪，不似之似当下拜。”观众在杨中有先生的石画前扼腕赞叹，个中奥秘，正在其中。

杨中有先生石画的文化品位，还在于画面的诗意与禅韵。杨中有先生勤学习多才艺，把读诗参禅的功力，融入画境。他的石画，不仅关注画面有形有格，更追求画外有境有韵。他的石画，不仅关注画面的形式美、色彩美和视觉的冲击力度，更追求画面的启迪意蕴和心灵的震撼力量，再加上他的命名题咏，充满了诗情禅机，传递着高远的沉思。明人林有麟说得好：“石尤近于禅。”杨中有先生的石画，有一种宁静、澄明、空寂的风格，不仅有诗的意境，也有禅的精神。石本无言，莞尔微笑，面对杨中有先生的石画，“此中有真意，欲辨已忘言”，的确令人产生去妄念，生智慧，洗尘心，见性情的感染作用。这是造化的神奇力量，也是创造的可喜成就。

“海市蜃楼皆幻影，都来从此石中看”。感谢杨中有先生的石画，使我们省登临之劳，穷遨游之趣。我想借用上述张弓的这两句诗，来表达我对杨中有先生石画艺术热烈的赞美之情。

石画《清廓悠远者有大胸襟》 杨中有

心灵记忆的形象定格

——读李建忠静物油画

青年画家李建忠的油画《干果》，在第八届全国美展中获奖，《干果》是我省高校参展油画的唯一获奖作品。这一殊荣，是对他辛勤劳动和创造精神的重大褒奖。李建忠的油画静物，以其不凡的文化品位，已经引起了美术界的瞩目。

静物是最典型的油画语言。表现生命运动和情绪冲击的动态的画面，在很大程度上规范了观赏者思考的方向。而面对静物，观赏者接受的不是表面的动感，而是深蕴其内的动的想象。静物为观赏者营造起的艺术空间，多彩多向，广袤无垠。静态，恰恰能引发无穷的联想。青年画家李建忠长期潜心于静物油画的创作，开始步入了令人欣喜的高迈境界。

绘画是心灵记忆的形象定格。画家面对大千世界，在自身价值取向和审美崇尚的指引下，积累起丰富的五光十色、闪烁不定的印象，经过心灵的加工，以线条、色彩、构图等媒介，化为固定永恒的图象形式。李建忠静物油画给人最强烈的印象，是画面中激荡着画家独特的强烈的怀旧心理。

怀旧心理是创作源泉、题材、动力、情绪的宝库，它凝聚着画家的生活体验和创作追求。怀旧心理首先是对长期生活积累的眷恋。李建忠静物油画的一个不移的题材，是对民间日常生活中普通什物的钟情。李建忠创作的静物油画，是严谨的对物写生。但是，这种写生绝不是简单的描摹过程；他和描绘对象进行着深沉的对话，努力揭示对象的文化价值。如他的作品《土灶》，描绘了平常人家灶台上的种种寻常之物。当我们与画家展示的什物默然相对时，分明感受到画家在与反映对象对话过程中所产生的灵感，并完美地融化在他的艺术之中。通过画面，画家告诉我们：黄土如何营造起中原人民的生存环境，黄土对生命的孕育、滋养、呵护是如此

油画《土灶》 李建忠

博大、深厚和永恒。黄土垒砌的土灶，黄土烧结而成的瓦、陶、瓷、釉；黄土孕育诞生的粮、菜、木、竹、棉、纸……灶台上的一切，都与黄土结下了不解之缘。面对土灶，必然引起火的联想，而火的联想，必然引起关于生命绵绵永续的思考。李建忠静物油画深邃的文化内涵，是因为，画家的怀旧情结，深深植根于对中原人民生存空间的沉思之中。李建忠的题材是平凡的，因此，它是永恒的；绘画表现的精神是孤独的，而这种对孤独的向往，恰恰表达了画家对大地、对乡土、对人民的深沉而略带忧伤的挚爱。

技艺是绘画的基础，技艺源于勤奋的磨练。李建忠从油画大师伦勃朗、维米尔、夏尔丹的经典作品中，学习对静物不同质感的精确表达和对光的变化的明晰感受。我们不仅从《土灶》上的铁、木、竹、棉、泥、瓦、陶、瓷、瓢、穰、蒜头、玉米、辣椒等不同物质中，叩击出不同的声响；我们还可以从煤、炭、渣、灰、烟的燃烧演化过程中，分辨出不同的分量。

色彩的发现和创造是画家的天职，色彩万物皆备，依光呈相，从物成形，奥妙无穷。掌握色彩的规律，揭示色彩的关系，研究色彩的秩序，体会色彩的品格，是静物油画表现的力量所在。《透进窗户的阳光》，是一幅以光为题材的静物油画。在一个四面皆空的墙角，一堆零乱的砖台上，摆放着一盆阔叶竹。动态的叶片迎着阳光，伸向窗口，传达了无限缱绻的情思。这幅看似偶然得之的静物画，表达了画家刹那间感受阳光的明朗心境和他对光的表达的高超技艺。

李建忠的静物油画刻意追求古典主义的凝重，超写实主义的精确和现代绘画的形式感。他用古典绘画的技巧，表现现代意识的意蕴，用油画语言传递中国文化的精神，应该说已经取得了难能可贵的成功。《土灶》的画面采用了创造性的三联构成，用对称分割的构图，强化画面的统一和稳定。灶台的直线和窑窝的弧线，不仅符合观赏者的视觉习惯，更为画面在平稳中产生了饱满的张力，增强了主题表达的力度。

油画《透进窗户的阳光》 李建忠

大河波底的画廊

李留海先生画石是洛阳画界一绝，好评如潮，声名日远。留海先生笔下之石，不是嶙峋的奇峰，亦非突兀的怪岩，乃长河冲刷下的平凡卵石。造化多情，常常创造出奇妙的景观。大河东去，气势磅礴，荡涤一切，逝者如斯！可偏偏会在九曲回环的河床上，洒落无数彩色卵石，任沧海桑田，万古不移。留海先生把荒弃在河滩上的石头，化为神奇的审美对象，令人神往。

纵观传统国画山水，面对奇峰重峦，画家们远取其势，近取其质，或重骨力，尚理法，描绘堂堂大山风貌；或重神采，尚抒情，寄寓悠悠人文情怀。山魂水魄，是人品画品最和谐的载体，已成定格。而以石为反映对象的，多因文人画师嗜石成癖，视石为友。“一竹一兰一石，有节有香有骨”，郑板桥的题诗表明，画中片石，总是寄寓着画家坎坷的人生阅历和自重的人格追求。留海先生画石，则另有一番天地。工笔画石，古今罕见，留海先生运用勾、皴、擦、染等国画笔法，入微地刻画卵石的体质纹色之美，瘦漏透皱之奇；更兼借鉴光影透视等西画技法，把卵石在沙上、水下以及风蚀、苔染等种种处境，表现得多姿多彩，有境有韵。更重要的是，在留海先生笔下，卵石的沧桑感，卵石的生命力，卵石的诗情画意，卵石的节奏韵律得到了淋漓尽致的展示。在观赏《逝者如斯夫》、《长河梦》这些宏幅巨制时，面对万古流淌的母亲河身后留下的无尽卵石，展示一望无垠的人生长河，不仅令人引发岁月悠悠的无穷沉思，更会激起对中华民族不舍追求的伟大精神的缅怀。卵石无言，默默诉说着关于沧桑巨变、民族兴亡、风雨人生……等永恒的主题。伟大寓于平凡，这一朴素的真理，在卵石的长卷中，得到了圣洁而又通俗的反映，给人以深深的震撼。对长河卵石的摩挲珍重，这是黄河儿女的恋母情结。挚爱的深情，使平凡的卵石旋成气势磅礴的题材，这不仅是绘画艺术的成功，也是人格美的呈现。

留海先生早年从军，军旅生涯近三十年，与天山南北这片风情

《长河梦》 李留海

奇异的土地，深情殷殷，结下了不解之缘。西部边陲的部队生活和地方民俗，魂牵梦绕，是他创作不移的题材。《古老的界河》、《毛驴收容队》表现了人民战士万里巡边的英雄气概和边疆军民风雪共济的鱼水深情。《塔里木人》、《绿荫》刻画了维吾尔族人民开创新生活的坚毅和呵护后来者的柔情。画山水，丘壑内营，着意气势的经营。雪山万仞，拔地遮天，在辽阔凝重的画面中，以骑队、人物、禽鸟点破，静中见动，满而不塞，灵气充盈。生活小品《斗鸡》最能表达画家的幽默情趣。画面上两只雄鸡对抗，满地羽毛狼藉，争斗方酣，旁有祖孙两人围观，或忍俊含笑，或张目呐喊，一句“据说为了一粒米，翻脸成仇敌”的题词，为画面营造起浓郁的幽默氛围。些些禽斗细事，隐寓着人文精神的沉思和画家的仁爱襟怀。

近年来，留海先生定居洛阳。咆哮的黄河，自出小浪底后东流，天地骤阔。浪平沙沉，水落石出，千磨万劫的卵石，摆出了长达百里的彩石画廊，为留海先生画石提供了无尽的反映对象。留海先生为我们留下了大河波底的璀璨画廊。

《斗鸡》 李留海

线流琴声　画凝诗韵

——周彦生工笔花鸟印象

当代社会生活节奏加快，以闲适为风貌的文人情调衰微。工笔花鸟画的寥落，似与生活方式的变迁有关。在画苑中，虽然还有于非闇等大师在，但毕竟寥若晨星。近日，周彦生先生在洛阳博物馆举办的工笔花鸟画展，真可谓空谷足音，生面别开。周彦生先生以现代艺术的精神，精心营造画面的磅礴气势，一扫富贵媚俗、荏弱萎靡之颓风，令人耳目一新。

传统工笔花鸟，鼎盛于两宋宫院。宫庭的审美取向，形成了特定的绘事风格：气度不凡且工力精湛，但是，植根御苑的创作，终难逃形富丽而神颓靡的趋向。鲁迅先生在《论“旧形式的采用”》一文中，早就指出：“宋的院画，萎靡柔媚之处当舍，周密不苟之处是可取的。”因此，如何借鉴传统，是工笔花鸟创作的一个重要课题。在这里，我愿就继承传统和发展创新两个方面，谈谈我对周彦生先生的工笔花鸟的初步印象。

线，是工笔花鸟的最重要的绘画语言。唐代张彦远将线的技艺表述为四个字，曰：紧劲联绵。紧，不散漫游离，不拖泥带水，不枝不蔓，笔笔追逼。劲，古拙挺拔，风驰电疾，笔有奔突之势，线作金石之声。联，笔无断痕，线有隐源，清隽柔润，平匀流畅。绵，线有所终而意无止境，潇洒飘逸，韵味悠远。周彦生先生学艺多艰，刻苦异常，成全了他的精湛的技艺，勾勒周密，笔简意全；瘦金笔触，极具宋画风韵。在传统的继承上，周彦生先生达到了可喜的境界。

周彦生先生的成功，更在于他的创新。周彦生先生的工笔花鸟，不囿于传统的对花卉翎毛的细部刻画，而将现代艺术的宏规构成引入工笔花鸟的创作之中。画面的层次，不止于花瓣的翻卷正侧，叶的偃仰起俯，而在于整体画面气势的营造；局部的勾勒晕彩，

工笔画《阳春》 周彦生

已化入整体的色彩视野之中。周彦生先生的工笔花鸟，所以能给人以大气磅礴之感，给花鸟画以现代艺术的力度，其原因，也正在于此。他的《阳春》、《秋之歌》、《岭南三月》都是成功的代表之作。营造大面积的色彩气势，而画面又能不塞不闷，这是十分不易的。周彦生先生在处理画面的实与虚、密与疏、堵与透之间的关系，是十分成功的。这些精心的构思，出色地表现了画家的灵气才情。画面优美的形式感，不仅给作品增添了装饰趣味，更给欣赏者带来了惊喜的审美愉悦。

白居易诗云："花含春意无分别，物感人情有浅深。"画花卉翎毛，不是为识花禽之名，而是为了怡志趣之情。线流琴声，画凝诗韵，周彦生先生的画，十分注重意境的创造。人在其中，方有意境；情在其中，方有意境。意境是移情的创造物。周彦生先生的花鸟作品，都融入了人的理想，人的追求，人的祝福和人的梦幻，这就使他的工笔花鸟具有高雅的文化品位。

洛阳是周彦生艺术生命的摇篮，而今移居奇花异卉遍地、珍禽俊鸟蔽空的岭南，真可谓得其所哉！我非常喜欢周彦生先生的画，所以我愿坦诚说出我的希望：岭南自然风光绮丽，但商品画的媚俗时尚必须提防。画工笔花鸟，富丽易得，清雅难求。鸳鸯配对，喜鹊成双，色用重彩，物求吉祥，喜庆富贵，时尚趋附。这些市场需求，会导致画风艳丽而近俗。我希望周彦生先生如他的大作《欲雨》所示，雨欲来而画中无雨，雨在画外；风已动，雨意淋漓，叶偃鹊起，抗争之意已决。祝周彦生先生，破时尚纷扰，顶逆风奋飞，艺事大进！

墨润春雨　笔枯秋风

——读徐献花鸟画

徐献先生画风老辣，技法精湛，且有较深的古典文学功底。他的花鸟画不仅法度严谨，状物毕肖，而且极讲究诗意经营，境深意远。诗、书、画、印融为一体，深得传统的精髓。

一九五九年，徐献以优异的成绩毕业于洛阳师专体艺系，并留校任教。六十年代及八十年代曾两度赴浙江美院中国画系攻读五年，亲得著名国画艺术大师潘天寿、吴茀之、诸乐三、陆抑非、陆维钊教授指教。旋又纵览祖国山川名胜，遍游写生，艺事大进。他的作品，构图灵朴相间，对比强烈，墨润春雨，笔枯秋风，颇多大家风范。在这些地方，我们可以隐隐读到他对国画大师潘天寿先生的师承关系。

试以他的《春意》巨帧为例，画的下方一尊寿石压阵，石侧出水仙一茎，秀劲娟丽。水仙寿石以翠绿赋彩，使人耳目一新。右侧横出一丛墨竹，迎风摇曳，天然成趣。左上方三只春燕当空斗趣，顾盼有情。整个画面充满无限生机，活泼泼地传递了春的信息。总观画面，虚实相生，疏密有致，布局舒展自然，节奏分明，流动着美的旋律。

徐献的作品曾得著名画家和美学家的好评，他在浙江美院学习结业汇报展览时，西泠印社社长诸乐三教授评他的作品是“无声诗思”；美学家杨成寅教授为他的作品写了专评，“妙在似与不似之间”，刊于上海《书与画》。国画家卢坤峰教授题他的画竹“妙得其神”。徐献先生在将近三十年的艺术生涯中，结合教学，砚田笔耕，启迪后学，创作了数百幅美术作品。一九八三年，他在王城公园和洛阳师专先后举办了个人画展，受到国内外友人的盛赞和社会的好评。前国家教育部副部长彭佩云同志亲临参观，并给以热情鼓励。

花甲旋成花季

——《强希天书画集》序

强希天先生一生多艰，始罹“五七”罗网，继陷“文革”大难，几度颠沛，岁月蒙尘。先生自强不息，祈晚年灿烂。花甲旋成花季，奋发学艺。他作诗明志，夫子自道曰：“六十二岁学画竹，只缘老竹有风骨。岁月沧桑情未了，风雨飘摇节不辱。淡泊宁静心无悔，洁素清苦意犹笃。借得竹怀慰白发，寄情翰墨入画图。”不倦的人生追求，令人感动。

强希天先生画竹，借笔墨抒情，写胸中逸气。风梢雨箨，霜根雪节，表达了对人格美的颂扬。强先生笔下修篁，多在风动之中，竿耸如枪，叶舞似剑，铿锵有金石之声，这正是强先生苦难而坚毅的人生写照。画月下竹，是强先生喜爱的题材。月色朦胧，竹影婆娑，意境深幽，月圆竹横，曲直错落，意趣可人。写竹月下，飘逸潇洒，更是强希天先生对清高境界的追求。

清初山水画大师王翚，以“只一写字尽之”，精彩地揭示了我国文人画的艺术特色。强希天先生书画兼优，他的花卉作品，成功地继承了书画同源的传统。先生画梅，树干飞白，苍劲有力。枝头红梅叠压，老树著花，更显妩媚。先生画兰，书写的意趣更加分明，叶舒叶卷，或行或草，纵横自如，益增幽兰神韵。文人画风的追求，为借物抒情的创作目的，提供了自由天地。

我与强希天先生，早年曾有一面之缘。岁月遥隔，记忆依稀。今以丹青重逢，不胜欣喜，面对眼前情景，谨献拙作一联：“立身师承窗前竹，学诗韵借杯中茶。”与先生共勉，为先生晚年祝福。

中国山水画的天然画廊

——《黛眉山水写生展》前言

新安县西北有黛眉山，海拔1374米。云遮雾障，远离红尘。黛眉山的天生丽质，世人无缘得识。

黛眉山山南叠翠盘旋，遥送长空；山北石壁陡峭，直落大河。黛眉山特异的山景，竟与国画山水，神形俱合。黛眉山不仅一步一景，处处皆可入画，更奇妙的是，山体天然呈现出勾、擦、皴、染等国画笔法。岩层压叠，刚柔天成，恰如运笔的轻重缓急；桃红李白，苔点地设，似显着色的浓淡干湿。黛眉山是一座中国山水画的天然画廊。

我市吕魁渠、龚文尧等三十多位画家，对黛眉山情有独钟，梦萦魂牵，多次入山写生。劳作经年，积画盈箧。山风韵，水精神，赫赫煌煌地展示在这次专题画展之中。画展不仅使我们免去跋涉劳顿，有缘亲近黛眉山的旖旎景色，更使我们有幸观赏画家们多姿的艺术风采。

面对同一的表现对象，最能反映画家们不同的主观感受和独特的笔墨技巧。或工于求似，体察物理、物态、物情，写其真，得其神；或不求工肖，强调个性怡情，不重物趣而重意趣，写其意，求其韵。或青绿重彩，金碧辉煌；或水墨淡远，墨蕴五色。或画洪水浩淼益显青山幽深；或画大山堂堂更呈白水悠长。俯仰转换间寻求别样的风姿，时序变化中表现新鲜的颜色……千姿百态，悉成妙谛。黛眉山有幸，蒙如此众多的画家，为她淡妆浓抹，出阁人间。洛阳山水画界有幸，借黛眉山的旷世美质，泼彩挥毫，赢得了此次大展的盛事。

山迎水接，祝黛眉山真正成为国画山水的创作基地；黛飞粉舞，祝洛阳国画山水艺事大进！

踏遍青山　足健笔健

——《九人山水画展》观后

山水情结，是中国传统的文化现象。我国文人钟情山水，是对自然神奇的敬畏，是对人类摇篮的依恋。青山聚翠，碧水送青，是审美的移情对象，是人格的追求理想。孔子曰："智者乐水，仁者乐山。智者动，仁者静。"万壑争流，智慧在应变中创造；千岩竞秀，品德因恒守而崇高。山水是人格美的化身。

在我们洛阳，悄然存在着一个痴迷山水的群体。他们都已退休，清风两袖；因意气相投，聚集一起。他们自担笔墨竹筲，徜徉山水；点翠泼墨，为高山流泉造像。他们在一起评点作品，切磋技艺，互相铺纸研墨，挂画洗笔，完全捐弃了曾担任过的社会公职，一律平等，其乐融融的情状，令旁观者感叹神往。面对山水的安闲，他们感悟人生。安闲，淡化了功利的竞奔，是一种从容智慧的人生境界。他们游山水，画山水，正是对晚年安闲心境的追求。

九人山水画的展出，自娱娱人，显示了他们近年来辛勤劳作的成果。他们师承各不相同，学艺先后遥隔，青绿水墨并存，笔墨气韵迥异，全系性情之作，很难以一个标准来评论短长。吕魁渠先生是洛阳山水画界的领军人物，技法娴熟，笔墨苍劲。关山远近，风动云来；民居隐约，老树婆娑，既有恢弘的气度，又有入微的笔触。王珂先生满纸泼彩，走笔曲折而又具奔放之势。大气磅礴，笔墨兼优。梁锷先生的山水远望取势，近看取质，山岩板块坚挺，白水奔泻有声，横墨数尺，体百里之遥。窦祖皖先生面对描绘对象，既注重实景再现，又着意画面经营，重墨叠彩为中心景点定位，光照云影为四季变化造势。杨金元先生的青山白水，对比强烈；对景造意，装饰趣味可人。吴银铎先生长期执教水彩，山水画透视精彩，极具光感。李建庚先生青绿重色的大胆运用，可见他追攀古风的努力。郑宣珩先生着意色彩表现的力度，在淡彩背景上点染重色，鲜红跳出，令人惊喜。马金才先生以藏族民居为描绘对象，别具异域风情，为画展营造了另外一个天地……九人画展，怡红快绿，畅神得意，为我们展示了夕阳晚景的灿烂。

时尚浮躁，能潜心画山水的人日见稀少。宋时李唐曾感慨时人崇尚秾丽的花卉，冷落山水，写诗自嘲曰：“早知不入时人眼，多买胭脂画牡丹。”洛阳牡丹大行，而偏偏有一个画山水的群体，不嫌冷落，不倦挥毫，实在难得，祝他们足健笔健，踏遍青山，为洛阳画坛带来了一阵清风。

气韵苍茫　色墨淋漓

国画中，山水画是艺术风格最为多样的画种。南画北画并立，密体疏体迥异，写真写意自成一格，青绿水墨各呈风貌。艺术风格各具特色，难分优劣，艺术品格的高下，贵在独创。观梁锷先生的山水画，似难指认其单一的师承渊源，并览兼收，笔下却是自己的魂魄。

层峦叠壑，云深林稠，气象闳放，满幅淋漓，是梁锷山水画给人的总体印象。杜甫诗："元气淋漓障犹湿"，似可作为梁锷山水风格的概括。这种风格的形成，可以从以下几个方面来考察：

首先是画面的纵深感。北宋郭熙有"山有三远"之说，他说："自山下而仰山巅，谓之'高远'；自山前而窥山石，谓之'深远'；自近山而望远山，谓之'平远'。"梁锷山水画之所以给人苍茫的纵深感，乃是由于画面显示的视角的多层次——山外有山，画外有山，重重迭迭，无际无涯。布局的雄浑气势，正源于此。

第二，画面的淋漓感。梁锷的山水以湿笔晕染，渲渍为主，这实在是一种勇敢的艺术追求。湿笔作画，以唐代张璪为代表。唐宋以降，山水画家曾争趋干笔，以湿笔为俗工，实在是一种偏见。干笔"工于求似"，湿笔"不求工肖"。清·张庚说过一句公道话："湿笔难工，干笔易好。"其实干笔湿笔各有所长，不能以此评断优劣。梁锷的山水，恰恰发挥了湿笔独特的表现力，墨底未干，湿时泼色，以色破墨，墨色渗化，让彩、墨、水自由漫渗，形成浓丽奇幻，营造出画面的淋漓气势。这正是他的风格的独异之处。

第三，画面的形式感。梁锷山水画多为泼墨与重彩的结合。在他笔下，表现山石纹理的皴法，往往不求其工而求其逸，写其意、求其韵。因此，在他的山水小品中，偶尔出现意想不到的抽象意味，给人一种幽远的遐想和难言的美感。而画面上大面积的同调色块所以不闷不塞，是因为作者巧妙地用流云、悬瀑，用飞翔的白鸟，用线或点，来点破满目浓墨重彩，使灵气顿生，使画面出现完美的形

国画《山间春雷响》 梁锷

式感和装饰美。

纵深感、淋漓感、形式感，是梁锷山水画独特的艺术风貌。这一风格的形成由于他在布局、笔墨、技法诸方面都有独特的探索和追求。梁锷学艺多艰，全赖刻苦自学，转益多师，不囿一格，反而成就了他自己的风格。工艺设计，是梁锷艺事的主体，国画创作实乃余事。而他的设计意识，又恰恰成就了他的山水画的装饰风貌。这些，都足可引起后学者的深思和借鉴。

一砚梨花雨　伏牛几多秋

——谈解金峰的山水画

解金峰先生是嵩县人，自幼面对大山磐磐、密林如海的伏牛群山，总角童稚，已结山水情缘。入学后，师承豫西国画前辈冯霞笙先生，学习传统技法，孜孜不倦，终生不舍。读解金峰先生的国画山水，不仅可见他对国画创作理念的潜心实践，更可见他对各种画派风格的着意探索。

国画《邙岭九月天》　解金峰

创造画面的总体气势，是解金峰先生山水画创作的中心追求。意境先行，丘壑随之，努力创造出山川神遇而迹化的境界。他的作品，多借物喻意，不重物趣重意趣，写其意，求其韵，追求笔情墨韵。这是解金峰先生的国画山水给我的总体印象。不过，他的山水画风格正在形成的过程之中，故而摇曳多姿。在有些画面中我们看到，山中农舍星散，画家既对物理、物情、物态进行描摹，又能潜心叙物，努力做到写其意，得其神，产生物趣可人的效果。这些探索，都十分有益，都在实践中国山水画“丘壑内营”（摹景的抒情表达）这一最根本的创作原则。

解金峰先生的前期山水，积墨深厚，郁郁苍苍，正如石涛论画诗云：“黑团团里墨团团，黑墨团中天地宽。”画面大片泼墨，却不堵不塞。森森群峰，营造出幽深的山势；白云如潮，从天际谷底涌起，骤现天地阔大。解金峰先生的后期山水，多用南派技法，崇尚天趣意趣，以求韵胜。笔下宿墨融水，多出淡调，弱化了墨色的对比，更兼画面朦胧迷离，亦真亦幻，神韵依稀，抒情悠远，颇得元人山水追求笔墨形式美的风致。

解金峰先生的山水，画面色彩同调，去甜俗，求高雅，天淡天真，不尚浓艳。他画中的色彩运用，颇多设计意蕴。如他的几幅秋天山水，一片浅绛淡黄，偶有几簇深红点缀其间，正合了红枫如花，漫山锦簇，“秋山如妆”的天趣。又如画中群山间，忽有白鸟群飞，点破一片浅灰；画中小路上，骤见行人倘佯，丁点艳色如火，飞来巧趣，给人一种亲切的美感。

在中国传统山水画中，努力表现当代的精神风貌和审美趣味，是解金峰先生努力探索的又一成果。他的国画“自然系列”：《和谐·共存》、《演进·裂变》、《惩戒·夭殇》，以壁画的形式，吸取远古岩画的造像和传统文明的标志，写实和抽象并存，表达了画家天人时空的理念，在对古老神话的礼拜中，为现代人生祝福。解金峰先生山水画中的工艺技法，剪辑叠压，点缀自由，使画面充满了装饰的意趣。

解金峰先生的多方探索，正是为了形成自己的绘画风格，风格靠技法，技法赖笔墨。“笔精墨妙”，历来是中国绘画鉴赏的标准。清代山水画大师石涛在《题黄山图》中写道：“漫将一砚梨花雨，泼湿黄山几段云。”描绘对象的专注，将为艺术风格的形成推波助澜。解金峰先生自号伏牛子，除了自勉默默耕耘外，也表明对伏牛群山的钟情，故乡山水，情深意长，魂牵梦绕。祝解金峰先生研墨研艺，将一砚梨花春雨，泼画出伏牛群山的堂堂风采。

色彩与构图的新探索

——杨金元国画山水述评

中国的山水画在漫长的艺术实践中，其审美观念与时尚俱进，发生了深刻的变化。从“真在此山中”的写真得神，到“恍惚难名是某峰”的写意求韵；从对山水物理、物态、物神的着意表现，到借物喻意、人格美的寄予；从色彩的淡出，到水墨形式的追求……总之，文人的审美趣味，取代了画匠的审美崇尚。对上述现象，文征明曾做过简明的评述：“余闻上古之画，全尚设色，墨法次之，故多用青绿。中古始变为浅绛，水墨杂出。”

重振色彩雄风，是当代山水画界最普遍的艺术追求。杨金元先生的山水画，满幅倾朱泼翠，强化了视觉的冲击力度。色彩是绘画最重要的魅力之一，随类赋彩和应物象形一样，是绘画艺术的基本技法。随类赋彩，不等于如实着色，而是有一个色彩的设计过程。顾恺之曾讲述随类赋彩的着色原则，如“凡天及水色，尽其空青”，又表达了着色为主题服务的意向，如“画丹崖临涧上”，“作一紫石亭立”。丹崖、紫石不是山石的实景，但因仙人居住其中，立紫布红，有力地渲染了境界的神奇。杨金元先生的山水画，十分讲究色彩的设计，在他的笔下，大面积的色彩，为秋山如妆、春山如笑、夏山如滴、冬山如睡的四季景色造势，带来了非凡的魅力。杨先生用彩不惑，满纸同色，却深浅分明，再加上墨色的点染皴擦，更为画面的远近明暗注入了光亮，为画中的山水醒目提神，色彩斑斓而又具自然天趣。

国画传统讲究“临见妙裁”，对入画的眼前景物，要妙裁取舍。山水画不是地图，“案城域，辨方州，标镇阜，划浸流”。山水画要“身盘桓，目绸缪，意境先行，丘壑随之”。“丘壑内营”是要求主观创意和客观景象的统一。杨金元先生的山水画，构图设计颇多新意。有些画面设计，密不透气，景物满幅，不仅不堵不塞，反能引发山遥水远的遐想，如他的《家住青峰小溪边》，近景树枝如织，布满整幅画面，枝头绿叶叠翠，一片青碧。树枝勾墨，骨力苍劲；树叶点翠，意韵悠悠。更兼依稀中悬瀑飞白，隐约间农舍呈红，家住青峰间，正在山深处，引人遐想。又如他的《金秋》，大树摇金，满山黄叶，三五红枫，杂出其间。画面下方，悬瀑跌落，水雾升腾，群山深幽，全在游人的仰视遥望之中……这样的位置经营，十分符合现代的装饰趣味和大众的审美要求。视丹华夸目为甜俗，是一种远离大众审美品格的偏见；位置经营，一定要上下空阔，四旁疏通，若充天塞地，满幅画了，便不风致，这也是不可固守的定法。画画，一讲笔墨，二讲感觉，三讲学养，这是开拓新境的动力。艺术最贵创新，没有不变的谱式，正如徐渭所说的：“从来不见梅花谱，信手拈来自有神，不信试看千万树，东风吹著便成春。”

国画《家住青峰小溪边》 杨金元

《峪里秋晴》评析

国画山水，传统悠久。“丘壑内营”——将自然融化在意境之中，已成国画山水创作的经典定则。由于过分强调以心接物，借物写心，以笔墨寄情遣兴；过分偏重师承古人的笔墨，国画山水的视觉冲击力度式微，与现代的审美取向日趋隔膜。师法传统而又不泥于传统，以创新精神进行多方探索，是现代国画山水必须解决的重大课题。周清波君的《峪里秋晴》，在构图、色彩、笔墨诸方面，都作出了有益的开拓。

上留天之位，下留地之位，中间立意定景，全景开阔，山间悬瀑流云，为画面增添纵深层次，这是国画山水标准的构图方式。《峪里秋晴》一变上述典型的空灵结构，横空出世，一座巨大的石坡，几乎塞满了整个画面。作者大胆的布局，看似犯了“山水之要，宁空毋实”的大忌，但作者却能绝处逢生，为他不同凡响的创造，提供了机会。作者不写云中山顶，飘渺古逸之气消尽；而巨石迎面的大胆构图，则有力地表现了大山堂堂的伟雄气概，形成磅礴的视觉冲击力量，现代精神跃然纸上。《峪里秋晴》以巨石高坡为主景的构图经营，看似截取一角，但依然不失全景式的观赏效果。围绕巨大的山坡，作者描绘了峰峦、云霭、悬瀑、水口、村舍、路径，纵深有序，隐露得宜，了无懈笔。使整个画面实而不窒，空灵在神。

郭熙《林泉高致》认为：“山水画有可行者、可望者、可游者、可居者。”《峪里秋晴》的作者没有满足于对天趣、意趣的追求，使画面止于可行可望的境地，而是着力于物趣、理趣的刻画，使画面达到可游可居的境界，表现了作者摹景状物的深厚功力。

《峪里秋晴》在色彩经营上，也有可喜的心得。国画山水虽经历过“青绿为质，金碧为纹”的重彩时期，但总的趋向是色墨融和，且多以墨为主，浅绛晕染的方法。宋明以降，宫廷宗教壁画衰颓，文人山水遂成主流，以笔墨抒情的主张，使墨的尊崇地位得以确立。“以墨代色”、“墨分五色”、“墨韵既足，设色可，不设色也可”等观点，推动了画面的诗意经营和淡雅风格的崇尚。但是，国画山

国画《峪里秋晴》 周清波

水由于在色彩运用上，积累了过多的禁忌，使画面无奈地日趋暗淡。亮不起来，必然不能与现代审美趣味同步。现代国画山水，只有在色彩运用上突破樊篱，使人耳目一新，方能创新。周清波君采用天然矿物质颜料和结晶色，着意控制墨和色在宣纸上的渗和变化，大片泼彩，用笔方硬，皴染交叠，使画面色彩不失整体亮丽的张力，绝无平涂的纤柔之气。《峪里秋晴》描绘的虽是峪谷深幽，但由于石坡敞亮，浅绛连片，加上石坡边缘，白云喷涌，使整个画面变得十分开朗明亮。《峪里秋晴》色彩的成功运用，表明作者借鉴西方现代绘画的悟性。

《峪里秋晴》在笔墨技法上，也作了许多探索。国画传统用墨，或以浓破淡，或以干破湿，或以润破焦，营造不同的水墨效果。近代国画创作，或先着墨，以水破墨；或先泼水，以墨破水。在实践中，发展了传统的笔墨技法。周清波君在创作《峪里秋晴》时，悉心把握生宣渗透的特点，在纸上喷染矾水时，不拘一格。有喷，有少喷，有不喷，根据不同的需要，创造不同的感觉。在山石皴法上，造成“土包石”的效果，即画山石时先乱后整，先不清楚而后清楚。在树的画法上，则先“清楚”而再“打碎”，最后“整合”，使其达到远望形影朦胧，近视树柯分明的艺术效果。

周清波君在创作上十分勤奋，他的许多作品都能让观赏者流连止步。如《红叶醉秋山》，粉墙黛瓦隐约在满山红枫之间，色彩艳丽，对比分明，令人心旷神怡。《春晴》满纸深绿，活脱脱地画出了王安石的诗境：“一水护田将绿绕，两山排闼送青来。”的韵味深长。他的许多扇面小品，精巧雅致，均堪击赏。周清波君年近不惑，正是精力充沛而追求不舍的盛年，山高水长，我们期待他新的成功。

重振色彩雄风

——叶泉画展观后

澳门画家叶泉先生在我市花会期间，携来以牡丹为主的国画百幅，假洛阳博物馆举办画展。天地间，姹紫嫣红，恰逢花开时节；展厅内，流光溢彩，呈现艺事辉煌。

叶泉先生的重彩牡丹，繁花叠彩，复叶凝碧，设色浓艳，光影流丽，淋漓尽致地发挥了色彩的视觉优势，极富创作个性。

宋明以降，中国文人笔下的水墨，风骨卓绝，神韵高迈，笔墨更臻主导，色彩旋成附庸。“意足不求颜色似”，风流所及，花卉亦以淡墨为主。明·李东阳《墨菊》诗云：“画菊不画色，色似花已俗。”标榜淡雅的水墨与清高的人格同调。在人格美的追求下，花卉着色旋成俗流。因此，在墨具五色的普遍崇尚下，国画花卉在追求水墨神韵的同时，也冷落了色彩的形迹。但是，色彩毕竟是绘画艺术最主要的魅力之一，轻慢色彩的绘画实践，分明弱化了视觉的冲击力度。我国现代许多艺术大师，借鉴西方油画色彩的表现力量，继承汉唐壁画和民间美术明丽的着色传统，中西相补，色韵交融，重振色彩雄风，实现现代国画的腾飞。叶泉先生的花卉创作，正在实践上述艺术追求，在重振国画色彩雄风的奔赴中，他是一位成就卓著的画家。

叶泉先生早年留学法国，有缘亲近西方绘画的艺术理论和实践，领略了色彩的魅力。他深知，从某种意义上讲，绘画就是色彩的艺术。罗丹在赞扬拉斐尔的绘画时说：“那是因为在这些作品中，色彩和素描一样，一切都在促成这种魔力。”因此，叶泉先生笔下的色彩，已非随类傅彩，色彩构成已具有独立的感染力量。“多买胭脂画牡丹”，叶泉先生正在大胆地做着翻案文章。他放弃了逸笔草草、一味清高的传统格调，着意画出浓丽鲜艳的牡丹。叶泉先生的创作实践，不是迎合时俗风流，不是审美趣味的低迷；倾朱泼翠，恰恰是为了弘扬国画色彩的魅力，为了造就现代国画审美的大众品格。

叶泉先生的牡丹，花叶着色浓艳而无沉重之感，除了画面层次有序，远近分明外，还由于画中光影流畅，浮动着一曲轻快的旋律，给画面营造起虚实相生的意境。叶泉先生的重彩牡丹，格外五彩缤纷，不仅由于他在画牡丹时，常常设置色相凝重的青铜礼器，造成了强烈的色彩对比；还由于他在画面的背景上泼彩。背景着色，不仅带来了色彩多变的奇妙效果，更表现了构图设计的匠心。现代国画的设计意识，使画面极具装饰趣味。

叶泉先生的绘画题材十分广泛，举凡山水、人物、花鸟、走兽，无不精妙。画菊更是他成就最突出的领域。叶泉先生笔下的秋菊，或凝紫抱香，或飞黄凌霜，布局奇丽。更有加拿大的长枝大菊，金蕾高耸，犹如丛林，令人叹为观止。我们期待深秋时分，在洛阳迎来他的耀金飞黄的菊花画展。

只一写字尽之

——《艾娴牡丹作品集》序

艾娴女士笔下的牡丹，枯墨写干，丝丝飞白，红浅绿淡，秀色欲滴，卓然文人画家的气度。从这本清韵宜人的牡丹画册中，我们正可探访艾娴女士文人画风形成的消息。

清初山水大师王翚，在回答文人画的艺术特点时，一语破的，曰："只一写字尽之。"细察唐宋以来的文人画家，几乎都是书法大师。把书中笔法吸纳入画，是他们艺术实践的共同规律。赵孟頫在他的作品《秀石疏林图卷》上题诗，夫子自道"石如飞白木如籀，写竹还应八法通；若也有人能会此，须知书画本来同"。艾娴女士从小接受严格的书法训练，其父亲李振九先生是洛阳著名书法家，想当年，"无匾不李"，李先生饮誉中州。艾娴女士身高齐案时，就为父亲磨墨展纸，侍奉在侧，从小与笔墨亲近。润物无声，笔墨的熏陶成就了艾娴女士以后绘事墨中见笔、笔蕴写意的文人崇尚。

画竹，是艾娴女士艺事攀登的第一个台阶。修篁高劲，驾雪凌霜，是她特别钟情的题材，从中也正可领略文人画借物抒情之旨意。基于上述缘由，艾娴女士笔下的牡丹，方能荡尽脂粉媚人、富贵傲人的俗套，这首先依仗的是画家墨写枝干的功力。艾娴女士落笔老苍，笔中寓骨，骨中见势，把牡丹的勃勃生机，笔笔送到，神气逼人。这是书法入画的笔力，也正是文人画风的超凡所在。

文人画的色彩审美意识，重感性轻理念，设色在抒情之中。"意足不求颜色似"，色以辅墨，色不碍墨。墨给色留地步，色为墨补不足。张彦远讲的十分到位："是故运墨而五色具，谓之得意；意在五色，则物象乖矣。"在文人画家笔下，色彩不以悦目为目的，重要的是传神。艾娴的牡丹，深红、淡紫、浅绛、粉绿、灰蓝、明黄……色色俱全，可观赏者对牡丹的色彩，往往熟视无睹。因为，在画家的笔下，色彩不是为了炫耀自身的艳丽，色彩是为了展示笔墨的妙处，为了呈现牡丹的精神。因此，花造平淡，其丽在神，求淡求雅，正是文人花卉的着意追求。

艾娴女士的牡丹画，在构图上也颇费匠心。或一枝临空，疏朗阔大；或远近迭现，层次幽深。艾娴女士十分讲究笔墨的浓淡干湿枯润的分布，使画面动静有别，明暗得宜。艾娴女士深知“少则得，多则惑”的哲理，画面不塞不满。知白守黑，这正是文人画的高明之处。

国画《牡丹》 李艾娴

宋著名画家李唐，曾感慨时人崇尚秾丽鲜艳的花卉，冷落高古苍劲的山水，审美趣味低迷。他发牢骚说：“早知不入时人眼，多买胭脂画牡丹。”其实，画牡丹也有一个俗态和傲骨的分野。艾娴女士是一位耐得寂寞的有追求的画家，画品与人品同修，不倦地实现她的审美理想。

笔底诗韵禅机　满纸汉味唐风

——《寇衡画集》序

寇衡是一位很有潜力、很有希望的青年画家，他的意趣纵横的国画人物，已引起了美术界的瞩目。寇衡幼年受家庭熏陶，沉溺书画。总角年华，逢十年风雨，求学无门；少小有志，犹握管如恒，蹒跚向前。1985—1986年入中央美术学院进修，始得亲近大师，艺事大进。

寇衡攻国画人物，工笔写意兼融，水墨重彩俱佳。法古，偏多朴拙童稚之神；脱俗，绝无佻佻狂怪之态。他的风俗画，多工笔，人物多具汉唐陶俑神态，稚拙而又古朴，或引人遐思幽远，或令人忍俊不已。这次展出并引起普遍好评的《送嫁妆》和长卷《洛阳纸贵》，很能显示他的风格。他的历史故事和历史人物画，意趣生动，如《钟馗嫁妹》和《二桃杀三士》。《钟馗嫁妹》，马蹄虚隐，可偏能造成蹄声得得的轻快效果。钟馗在马上转身侧倾，对其妹的爱怜关切之神，跃然纸上。《二桃杀三士》中的人物，静默似铸，可眼神中流露的杀机，使人感到拔剑厮杀的动作，呼之欲出。随意泼墨中闪出的点题灵气，给观众带来惊喜的审美快感，十分难能可贵。寇衡在工笔画中，一扫勾勾染染的因陈手笔，采用“工笔写意”，落笔潇洒，使作品呈现勃勃生机；同时吸收写意中的没骨手法，使工笔画呈现出罕见的滋润淋漓。写意画中则突出笔墨情趣，在浓淡互破、虚实相生上着意经营，充分发挥了墨色的表现力度。

寇衡多画古代人物，却有鲜明的时代感。他的饱含现代意识的绘画语言，表达了他对社会人生的诚恳的感悟。因此，画面与观众不隔，极易与观众发生共鸣。当然，寇衡的人物画，对形的把握，还有待更臻成熟；而有些设置背景的人物，有待更和谐地协调。寇衡曾一度从我学文，他勤奋好学，给我留下了很深的印象。他从诗词歌赋，汉画像砖中吸取营养，赢得满纸汉味唐风诗韵禅机，为古代人物的绘画，打下了极好的学养功底。学有进，方得艺有进，看到寇衡的进步，欣喜由衷，写下我的印象和祝福。

国画《钟馗嫁妹》 寇衡

书画双楫　天道酬勤

——《李松茂书画集》序

洛阳牡丹，君临天下。硕大的花盘，华贵的气度，引领风骚，被誉为百花之王。每年4月下旬，花开时节，万人空巷，招引天下观赏者，云集洛城。牡丹非凡的审美品位，培育了洛阳众多的牡丹画师，工笔写意，勾墨泼彩，百千丹青高手，画不尽牡丹姹紫嫣红的国色和傲骨嶙峋的精神。情钟牡丹，已成洛阳画界风尚。李松茂先生就是其中一位杰出的代表。

李松茂先生是洛南龙门镇人，祖上颇有文名，家教肃饬，自幼与笔墨书卷相伴，从小练得一手好字。1957年，李松茂未满弱冠，即罹政治劫难，心志备受砥砺。他在繁重的田间劳作之余，发奋学画，法造化，法古人，岁岁年年，孜孜不移。他画的牡丹骨劲神劲风劲韵劲，也许正得力于他的人生遭际。李松茂先生的牡丹，枝多枯笔飞白，苍劲有不移之力；叶多润毫泼墨，雄浑有蓬勃之气。枝助花精神，叶淡花艳色，这一着意经营的格局，使他笔下的牡丹重彩而无俗艳之憾，俏丽而无佻佻之嫌。枝头繁花，形不重出；叶底群蕾，情态各异，更兼二三蜂蝶，嗡嗡嘤嘤，恋蕊不去，使画面神韵倍增。

牡丹堂皇富丽，乃富贵之花。可牡丹入画，最忌富贵之气。唐·鱼玄机在《卖残牡丹》一诗中说："应为价高人不问，却缘香甚蝶难亲。红英只称生宫里，翠叶那堪染路尘。"诗人感叹牡丹移根上林御苑后，已非普通人的审美对象，这是牡丹的幸还是不幸？另外，"多买胭脂画牡丹"早已成为画界对媚俗的嘲讽。在这里，我们应该悟出画牡丹的大忌，全在于媚富贵，近俗流。去媚，去俗，方能写出牡丹真正的精神。李松茂先生一生以尊严谦恭自守，以淡泊无求之心画牡丹，这正是他笔下的牡丹备受赞誉的缘由。

李松茂先生书画双楫，他的书法，造诣极深。学颜书布局之

工笔画《夜光白》 李松茂

方正、柳书神韵之潇洒、魏书笔力之劲节，博采众长，自成一格。《'94中国洛阳关林国际朝圣大典碑记》，2000余字的长篇巨制，一气呵成，了无懈笔。凡来关林观赏碑刻的游客，无不驻足徘徊，赞叹李松茂先生书法的精湛功力和事艺的敬业精神。天道酬勤，李松茂先生晨昏不辍的劳作，将使他的艺事取得新的成功。

色与墨的和谐节奏

我国传统绘画，最珍重人文情怀的倾注。国画花卉，各具文化姿态，梅兰竹菊，均以君子品格相许。综观古今花谱，奇花异卉，凡360余种，唯牡丹君临天下，香染万里，花事最盛。我国画牡丹有文字记载者，当首推北齐画圣杨子华。李唐以来，始有牡丹画本传世，宋、元、明、清，大师辈出，牡丹绘事，富丽璀璨，蔚为大观。近代国运衰颓，牡丹画亦随之沉浮。牡丹以其富丽堂皇的独特文化品味，决定了她与盛世同步。

洛阳是牡丹的故乡。近年来，洛阳画家钟情牡丹创作，天时地利，日臻辉煌。杨北君此次举办牡丹画展，必将为洛阳牡丹文化的发展，推波助澜。

杨北，洛阳人，1966年毕业于河大美术系，现任洛阳师专美术系副教授。杨北君主攻雕塑，但他才艺优裕，兴趣广泛，西画、国画均卓然有成。近年来，潜心写意牡丹的研究和创作，昏晨不辍，积稿等身。对传统牡丹画，他师法青藤的奇灵奔放，八大的简笔变形，吴昌硕的书味，齐白石的神似，转益多思，拓展自己的技艺。但是，他更注重师法造化，每逢牡丹花季，临花写生，眼观心摩，废寝忘食，乐此不疲。

画牡丹，当以雍容华贵为主。杨北君的牡丹，花姿鲜嫩，纯色饱满，水意淋漓。“嫩畏人看损，鲜愁日炙融”是他着意追求的境界。因此，他特别讲究水的经营，干笔飞白少，温笔聚彩多，让色彩自然晕化，使花冠艳而水灵。而枝叶则泼墨勾勒，与花冠形成强烈的对比，以大面积的墨色压住了花冠原色的“火”气，破墨托色，力求使艳丽与雅致统一于画面之中。

杨北君画牡丹，在笔墨上也有自己的追求。他多用中锋，使笔下线条凝重圆润，追求笔下的韵味。用墨则挥洒随意，泼墨、积墨、破墨互用，干湿浓淡并出，形成色与墨的和谐节奏，使画面多姿多变。

国画《牡丹》 杨北

山成砥砺　艺成砥砺

近年来，随着退休闲暇，我和洛阳画界朋友的交往日多。第一次和王铁中先生相识，不曾见过他的画作。他自我介绍时的一句话：“洛阳桥头卖菜的。”给我留下了十分有趣的印象。我知道，他画山水，但不曾进过美术院校，也不是专业画家。第二次见面时，读到他厚厚的两册山水写生，钢笔墨线，一笔不苟，不皴不染，十分工整。我不禁为他的勤奋感动。王铁中先生从小喜欢画画，终因命运多舛，久违丹青，到三十岁时才有缘握笔，从芥子园临起，师古人笔墨。九十年代初，开始外出写生，走遍了祖国的名山大川，豫西地区的伏牛山、白云山、老君山、紫荆山、花果山，更是他长年跋涉驻足之地。面对千姿百态的山水，对照古人笔墨，肇自然之性，成造化之功，努力表现山石峰峦的脉络纹理，印证各种皴法。“搜尽奇峰打草稿”，山成砥砺，志成砥砺，艺成砥砺。

最近，因参观几个画展，才有机会看到他的作品。王铁中先生的山水，追求重山复岭，层岩叠嶂的大格局。千岩万壑，萦回曲折，形成峰的波涛，山的波涛。作者线条勾勒的功夫，是表现峰峦拱揖，远近分明的技艺基础。轮廓主线清晰，有勾皴，也有渲染，醒目但不单调。山坳墨色浓重，折叠感极强，益显峰峦纵深，使画面的黑白松紧，得到了从容的协调。王铁中先生线描的功力，分明得益于长期写生的积累；而重骨力，尚理法，则是作者师法古人的心得。纵观整个画面，作者通过对山石峰峦质感的着意表现，建立起与反映对象形质同调的审美秩序。

观赏王铁中先生的山水，扑面群山嵯峨，古板古硬，古气十足。可当你静气驻足，观赏良久后，你会感应画面中悄然流露的柔情和妩媚。山中流云似带，悬瀑如丝，不仅给画面带来了装饰美，云飞水喧，更为大山带来了苏醒的活力。

璀璨的艺术群体

——《画苑集粹》序

十年前，洛阳师院美术系的前身洛阳师专美术系，捧墨聚彩，结集出版了《画苑集粹》——教师作品画册。翌年，又在中国美术馆举办了画展。初登显赫的艺术殿堂，竟获如潮好评，媒体以“洛阳师专现象”为题，对作品所显示的教学品格、艺术视野、创新精神和笔墨技艺，做出了积极的评价。岁月匆匆，这个美术教学群体，在学校发展中不断壮大。当年的青年教师，如今已成教学主力，昔日的群体风采，日臻灿烂。近年来，美术系教师发表的作品远逾三百多幅，参加省、全国、国际美展，已近百次，入选获奖，荣誉迭来。

教师绘画的品格在于指示艺术的源泉、体现训练的顺序、启迪

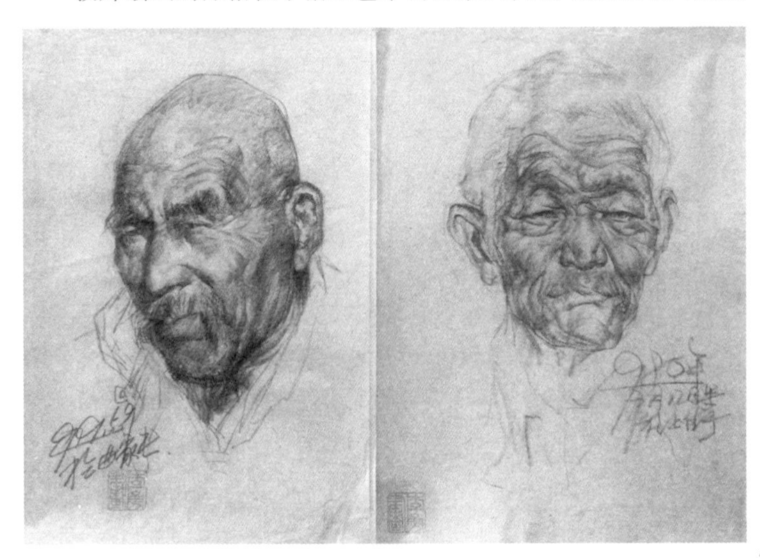

人像写生　李勇

油画《水乡》 张书良

创作的灵感，追求技艺的完美。教师准确无误的造型能力和表现能力，既为学生示范，也为学生提示了基本技法训练的重要意义。李勇的素描，笔触强劲，有极强的造型和表现力度。他的素描作品启示学生，面对纷繁的反映对象，要删繁就简，用最单纯的眼光捕捉对象的形神。素描的线条，在审美感情牵引下，可以描绘一切。简洁，是素描追求的艺术境界。素描的训练，是技艺的训练，更是培养形象思维能力的智慧启迪。

油画是洛阳师院美术系取得多方面成就的艺术领域。黄斌视野开阔，从中原到西部、从国内到欧洲，都留下了他的足迹。他努力在自然风光中领略文化差异，因此，他的画风也正经历着深刻的变化。黄斌以往的小品，黄绿明丽，以对光的成功捕捉见长，表现了印象派的艺术风采。而现在的大幅风景，沉郁苍茫，情景融合，天地相通，分明表现了对国画意境的追求。李建忠的超写实油画作品，以其高超的艺术功力，饮誉画坛；李建忠的油画静物，真境逼而情景生，是心灵记忆的形象定格。近年来，李建忠在他的作品中注入了哲学和人生的沉思，表现了真境逼而启人思的艺术境界。《防护网》提出了一个重大的社会问题：在工业文明对农业文明挤压的过程中，钢筋水泥的高楼大厦隔断了蓝天白云，孕育生命的土地步步紧缩，将带来人类的生存危机！《防护网》由屏风式的三联组成，两侧是城市建设的标志——脚手架，中间是被蚕食的作为土地象征的高粱。下垂的防护网，松弛散漫，令人忧从中来，悲从中来。《防护网》提出的警告表明，画家关于艺术和人生的思考，已

《防护网》 李建忠

《北邙风景》 李章惠

进入了一个更高的境界。李章惠的《北邙风景》，出现了崭新的艺术风貌，黄土淡化，竟流露出妩媚的情趣。在这里，我们不仅读到了作者怀恋豫西山区的一片深情，更可以领略画家在艺术上的不倦探索的努力。李章惠把国画笔墨的情趣风韵和油画的视觉冲击力度融为一体，达到了既空灵虚淡又具象逼真，既寂静旷远又生机勃勃的艺术效果。李章惠在油画中，汲取国画文化图式的成功实践，可喜可贺。张书良的花卉静物，艳而不俗，神韵优雅，《水乡》是他的近作，颇多新意。历来，描绘江南水乡的作品，多取朦胧的意境、淡雅的色调，张书良不随众人的笔墨意象，以浓重的色彩和典型的油画笔触，画出了一幅风格别具的水乡风景，令人心旷神驰。

近年来，洛阳师院美术系的国画群体也在不断壮大。李留海工笔画石，堪称一绝，他运用勾、皴、擦、染等国画笔法，入微地刻画了卵石的体质纹色之美、瘦漏皱透之奇。特别是他的大河卵石的宏幅巨制，寓伟大于平凡，默默诉说着岁月沧桑、民族兴亡、风雨人生等永恒的主题，给人以深深的震撼。李留海的《河图》、《洛书》，构图恢宏，把河洛文化最古老最辉煌的题材，注入了世俗的色彩，

油画《日月山谷》 黄斌

热烈歌颂了劳动创造的伟大精神。周清波的国画山水，以现代的审美取向，在构图，色彩、笔墨诸方面，都作出了有益的开拓。周清波的国画全景开阔，山间悬瀑流云，为画面增添了纵深的层次。他采用天然矿物质颜料和结晶色，着意控制墨和色在宣纸上的渗和变化，泼彩大胆，皴染交迭，使画面的色彩既保持了整体的张力，又不乏精致的亮点。周清波在笔墨技法上所做的有益的探索，在继承传统笔墨技法的基础上，努力开拓了国画山水的现代语境。

在这里刊出的还有版画、雕塑、水粉、工艺设计、剪纸以及书法等各种门类的艺术作品。唐代诗人戴叔伦在《题天柱山图》一诗中写道："拔萃五云中，擎天不计功。谁能凌绝顶，看取日升东！"洛阳师院美术系是一个学艺如痴的群体，他们敬业奉献，为培养新一代的美术工作者竭尽心力，不断攀登，必将取得新的成就。

剪纸《纳鞋底》 李滔

一册在手　如携春风

——《洛阳牡丹》序

牡丹是洛阳的文化标志，造化钟情，美誉遐迩，这是洛阳的荣耀。牡丹国色天香，君临天下，雄踞群芳之首。栽培悠久，上溯三千年；分布广袤，遍及大中华。种类繁多，几近千品；观者如潮，万人空巷。描绘赞颂牡丹的歌画诗文，浩如烟海。牡丹凝聚着洛阳人民的精神追求和审美情爱。

牡丹赫赫扬扬的文化品位，不仅因其超逸群卉的华贵风姿，更因其坚贞不阿的美丽传说。富贵，是牡丹约定俗成的象征。杨柳梧桐扶疏风流，乔松古柏挺拔坚贞，兰竹梅菊高洁优雅，牡丹芍药雍容富贵，已成社会共识。

本来，富贵作为人的生存状态，应是一种理想的境界。但是，人类在自然威压和社会不平的摆布下，不能同步富裕。长期存在的贫富不均、恃富骄贫、为富不仁的现象，使富贵与骄纵、颟顸、浊俗、罪恶同位。因此，甘守清贫的中国知识分子，历来对富贵有一种自远的心态。在他们心中，只有舍弃富贵方能清高，只有舍弃富贵方能廉正。徐渭的一番话，就是这段情结的典型表现。他说："牡丹为富贵花，主光彩夺目"，"盖余本窭人，性与梅竹宜，至荣华富丽，风若马

《牡丹仙子》　梁祖宏摄

牛，弗相似也。”徐渭自称窭人，贫者困于财，意为与富贵无缘。他竟不愿在他的笔下，描绘光彩照人的牡丹！牡丹竟成了浓艳媚时的俗花，受人轻慢，这是何等的不公！

《粉中冠》 舒洛建摄

时代不同了。科学技术的进步和人文情怀的弘扬，共同富裕，将成为现实。牡丹的文化意蕴，受到抃贺欢呼，大得人心。洛阳人爱牡丹，不仅悉心栽培，时有新品种萌生；更为牡丹摄影作画，增光添彩。《洛阳牡丹》一书选录了洛阳画家、摄影家、书法家多年创作的精品，流光溢彩，蔚为大观。真可谓：一册在手，如携春风；开卷展读，满室清香！

读摄影，刹那风采，美艳永驻。凝视中，含苞欲语；顾盼间，展蕊笑腾。洛阳牡丹的百媚千娇，在留影中得到了生动的表现。读绘画，或随类赋彩，色泽明艳，赏心悦目；或逸笔草草，得意忘形，其丽在神。笔墨精微，直追宋人审物精神；构图新颖，尽显现代装饰意趣。洛阳牡丹的风采神韵，在画面中得到了充分的展示。

牡丹是一个永恒的美的话题。范仲淹诗云：“一朝宠爱归牡丹，千花相笑妖娆难。”观赏壮丹，珍爱牡丹，赞颂牡丹，是一种幸福。对《洛阳牡丹》编选的眼光和辛劳，我深怀敬佩之情。现特摘录拙作《牡丹钟铭文》中关于洛阳牡丹的赞颂之词，附丽于后，表达我的推崇之意。词曰：“洛阳牡丹，天下君临。地脉相宜，造化钟情。黄金其蕊，白玉其轮。翡翠其叶，琥珀其身。世纪大钟，牡丹环萦。益增美艳，倍崇尊荣。雍容华贵，盛世精神！”

怡红快绿　艺事大进

——《中国洛阳牡丹画览萃》序

造化独钟情，地脉最相宜，洛阳是牡丹的故乡。上溯至隋唐，兴盛于两宋，洛阳牡丹以其繁多的品种，硕大的花形，华贵的风姿，瑰丽的色彩，伴随着诸多美丽的传说，超逸群卉，冠甲天下。洛阳所以与牡丹共名，这段因缘，还因为洛阳人对牡丹的格外珍爱："洛阳人惯见奇葩，桃李花开未当花。须是牡丹花盛发，满城方始乐无涯。"特殊的珍爱带来了悉心的栽培，于是，洛阳花事大盛。

洛阳牡丹是美的。但是，洛阳人不以自然美为满足，艺术美的着意创造，用心灵的色彩为牡丹写照传神，展现天香国色，则更加荡人魂魄。古人有云：画为假山水，山水为真画。这一说法，从师法造化的角度，是合乎顺序的；但以此说明审美的高下，则失之颠倒。艺术美是对自然美的集中、加工和提高，艺术美包蕴着画家个性和技法的特征，必然为自然美增色。因此，画家笔下的牡丹，更赋予牡丹以不同的风采。这本《中国洛阳牡丹画览萃》，正是洛阳当代18位牡丹画家的佳作结集。汇脂聚翠，一册在手，使人如坐春风。在这里，我们可以领略洛阳牡丹的绰约风姿，领略洛阳画家的生花妙笔，领略洛阳人对牡丹的深情厚爱。

画牡丹，与画梅、兰、竹、菊一样，是我国传统绘事的独立题材。前人因社会贫富不公，崇尚清高，尚梅以骨，尚兰以隐，尚竹以节，尚菊以傲；谓牡丹为富贵之花，富贵则俗，富贵则浊。这实在冤枉了牡丹。其实，富贵有什么不好？谁人不愿富贵？在共同富裕的社会理想下，富贵的向往和创造，正是社会繁荣进步的动力。今天，画牡丹，画出黄金蕊、白玉瓣、翡翠叶、琥珀枝，画出富丽堂皇，恰恰是盛世景象。当然，富贵精神，也不全在浓艳之中。画富贵花，笔无纤尘，能去颟顸的富贵态，骄纵的富贵气，乃上乘之作。在这本画册中，我们将有幸看到画家以枯笔淡墨写牡丹，秀色欲滴，实则绚烂之极。

画册《中国洛阳牡丹画览萃》，工笔写意并存，中西技法兼容。我国传统画法，以线条为主，勾取物象轮廓，它既是表达的媒介，又是形象的组成部分。孔子曰“绘事后素”，就是对线条重要性的最早论述。西画以块面为主，它的线条是一种艺术媒介。在这本画册中，我们可以看到画家们笔下纵横，或银勾铁划，线条刚劲；或铺彩泼墨，块面淋漓。转益多师，不囿一法。尚法、尚意、尚情、尚趣，各竞所能，各擅所长，使同一反映对象，呈现出多姿多态的动人景象。白居易称赞萧悦画竹“不从根生从意生”，这是艺术创造的真谛。“意”从“我”，我的观察，我的体验，我的风格，我的理想。创作有我不是狂。在百幅牡丹中，只有我在，方能出现百花齐放的局面。

色墨映掩　神形俱丽

——《洛阳画选》序

展示在诸君前的这本画册，是洛阳当代国画家的作品选集。花卉山水，题材多姿；工笔写意，笔墨异趣。洛阳工艺美术馆广征博采，串珠编贝，精心编选是册；深紫浅绛，蔚为大观。

牡丹是洛阳的文化标志，是既显赫又通俗的审美对象。画牡丹，是洛阳国画界凝朱聚翠争奇斗艳的永恒题材，涌现了以王绣为代表的牡丹创作群体。国色天香，君临群芳，富丽堂皇，风姿华贵。在洛阳牡丹画家笔下，胭脂蕴灵秀，艳而不俗；水墨呈五色，其丽在神。写意牡丹，泼彩奔放，豪气荡魄；工笔牡丹，点染精微，柔情消魂。洛阳牡丹画家们以各自的风格，画出了洛阳牡丹百态千姿的神采。

国画《红楼春晓》　孙丽萍

石画是存天趣，融真情的心境

艺术。杨中有独辟蹊径，在石上因材施艺，就色造奇，借势点染，唤醒石中魂魄，是绘画的技艺，更是智慧的创造。人补胜境，杨中有的石画，表现了主观情意和外在物象的融融吻合，表现了“天人合一”的奇妙意境。他不仅关注画面有形有格，更追求画外有境有韵。他的石画，令人产生去妄念、生智慧、洗尘心、见性情的感染作用。这是造化的神奇力量，也是创造的可喜成就。

李留海画石是洛阳画界一绝。长河卵石，一望无垠，石本平凡，可在李留海笔下，却引发了岁月悠悠的无尽沉思，表达了沧桑巨变的磅礴气势。他的国画《河图》、《洛书》，构图恢宏，笔法严谨，描绘河洛文化最古老、最辉煌的题材，取得了难能可贵的成功。梅振荣的《山村逸韵》，淡泊意境的营造，展现在色彩的追求之中；范国荣的人物，造象夸饰，笔有奇趣；武冬梅的《向日葵》，在反映对象面前，表现了可贵的色彩感悟能力；解金峰的山水，笔墨奔放，满而不塞；尹留记的荷竹，笔短趣长，迁得妙想；贾万友的紫藤，色墨映掩，神形俱丽……展读《洛阳画选》，使我们有幸领略洛阳国画创作的风采。

国画《洛浦春浓》 王绣

郑板桥诗云：“写取一枝清瘦竹，秋风江上作钓竿。”这是艺术家的追求。我想，郑板桥钓取的不是浮名，不是狂利，秋风江上钓起的将是画家不倦探索的精神，是画家自我完善的美德。

画廊璀璨

洛阳四月，花事方炽。洛阳画院的画师们，未许魏紫姚黄风骚独领，挥毫泼墨，勾银点金，营造艺苑缤纷，赢来如潮春色。

以王绣为院长的洛阳画院的画师们，是一个艺术积累坚实、创作意气勃发、风格各异、技艺精深的群体，他们以不同的画种、题材、风格与技法，在美的创造中，聚焦于人文关怀的主题。漫步流光溢彩的画廊，人们在激动、沉思、发现、联想的刹那，同步领略美与人生的思考。

王绣的牡丹，技艺娴熟，堂皇华贵，深得君临百卉的气度。李艾娴的竹石，笔墨清健，竹动石静，意境深幽，颇多书卷雅趣。赵荣杰的花鸟套屏，画中禽鸟，笔墨不繁却情态生动，疏朗的画面，大方的留白，似为莺啼雀嘈营造起空旷的流音空间，颇有情味。索铁生的《鸟鸣山幽》，画面满而不塞，色彩繁而不腻，是一幅颇见功力的佳作。寇衡的国画人物，独步画廊，古朴雅拙，风格已成，其代表作《二桃杀三士》，人物静默似铸，而隐约的杀机，在眼神中泄露无遗。画前徘徊，似觉格斗将临，令人不舍离去。

年展中油画的成就，更加令人欣喜。年展表明，我市已拥有一支不容小觑的青年油画家队伍。他们思考深沉、创作勤奋、风格多样、技艺精湛。他们的整体水平，已臻上乘。李建忠的新作《故事》，是一幅十分难能可贵的佳作。画面以黄土为背景，左上方为羊头枯骨，右下方为粗瓷空碗，默然相对。它们似在诉说着一个古老的故事：死的严酷与生的渴求。碗边骨旁，几片焦黄的败叶，益增我们对生命之水的倾心眷恋。令人心悸的画面，引发了深深的沉思：我们必须关注并珍惜我们的生存空间。李建忠在他的《土灶》等多幅作品中着意描绘父老乡亲的生存环境，拳拳情深，使他的超写实的技艺，倍增震撼力量。张书良的《余韵》，是一幅以民间器乐为描绘对象的风俗画：演奏归来，艺事已歇，琴声绕梁，余韵犹存。作者以刻画精微的写实技法，表现意境悠远的诗意题材，取得了出色的成功。李章惠的《花季》，以重叶叠翠为背景，营造起一片春意盎然的花的天地。画面极具装饰意趣，匠心独运。下方的青瓷花瓶，以国画破笔点皴，技法新奇，效果极佳。张文恒以不同题材、不同风格、不同技法创作的多幅油画，挥洒自如，纵横由我，显示了作者多方面的才华。在博采厚积的基础上，确立与自身素质相符合的风格，前程将不可限量。

’97洛阳画院年展，是洛阳画界的盛会。寻春何必王城去，请君且向画廊行！在这里，我们将赏心悦目地观赏画师们为我们创造的怡红快绿的审美世界，我们将十分欣喜地聆听洛阳美术创作的春天的消息。

艺到深处自儒雅

——李笑白的剪纸艺术

半个世纪前，我在江南读书时，就在报上见到过李笑白的剪纸。剪纸艺术的民间品格，署名笑白的文人风趣，雅俗迥异，给我留下了难忘的印象。后来，有缘得识李笑白先生时，回想昔日臆断，不觉莞尔。眼前的笑白先生，完全是一位庄稼汉的模样，质朴其形，眼中闪烁着智慧的神采。他正是剪纸艺术人格化的典型。

李笑白先生从民间走来，老虎帽、云雀鞋、莲花兜肚、喜鹊枕头是他的艺术课本；灯节社日、红白喜事，是他的艺术节日；大娘村姑更是他学艺的启蒙先生。一剪一纸，剪纸是最清贫的艺术。缘于此，他方能在桑下濮上，田间炕头从事随意趁心的艺术实践。“镂金作胜传荆俗，剪彩为人起晋风”。李商隐的这两句诗表明，始于镂金剪彩的剪纸艺术，一开始，就附丽于民风民俗，为民风民俗增添审美的品格。“当窗理云鬓，对镜贴花黄”。早在汉唐时节，妇女用金箔、银箔、彩帛，剪成方胜、花鸟，贴在鬓角为饰，已成时尚。随后，剪纸从为女子助娇添媚的首饰，扩展为窗花、门花、墙花、棚花、灯花等饰物。剪出吉祥，剪出喜庆，以民间喜闻乐见的生活内容和艺术形式，表达了百姓对生存环境的美化和祝福。

剪纸《钟馗神威图》
李笑白

反映日常生活的进程和民俗审美的习惯，是剪纸艺术不移的题材和风格。李笑白先生在半个多世纪的艺术实践中，充分表现了普通人对幸福生活的期待和创造。从农家活计拾粪、育苗、割麦、摘棉，到赶集、闹灯、跳舞、看戏等民间娱乐；从骑竹马、踢毽子等童心永驻的稚趣，到科学种田等时代进步的标志；更有讽喻世情的寓言，警戒人心的戏曲。近年来，李笑白先生潜心巨构，以古典小说为文本，精心剪刻小说中各色人物的命运和性格，洋洋百幅，蔚为大观。

李笑白先生五十多年的艺术实践，意匠创新，形成了独特的艺术风格。他在继承传统的基础上，用均衡的现代审美语言，打破对称的常规，突出了欣赏的焦点，使画面活泼多样。同时，李笑白先生还把绘画的虚实关系，带入剪纸，给画面带来了动态和空灵之感。

剪纸线条粗拙，造型易，表情难。李笑白先生或借人物动态助表情，如《小两口回娘家》，以小两口的深情对视，表达夫妻间的亲昵恩爱。又如《倒粮食》，在倾倒粮食时，旁边有儿童哄赶鸡群，表现了丰收的喜悦。或借饰物陪衬达意，如《牧童》中，喜鹊伫立在牛角尖上，鹊啼欢快，牧歌嘹亮，一派喜气。又如《照镜子》，在照镜自赏的少女身旁，有宠犬欢跃，倍增娇羞和喜悦的气氛。

李笑白先生剪纸的运刀，更有特色。外线方直，有角有棱，风骨凛然；内弧圆润，流畅婉转，玲珑剔透。据李笑白先生自叙，他的“外方内圆”风格的形成，得力于临摹魏碑字帖的功夫。剪纸中的书法意蕴，正是李笑白先生在剪纸这一民间艺术中，倾注了学人的文化气度。艺到深处自儒雅，这是李笑白先生对剪纸艺术功不可没的重大贡献。

李笑白先生在近年的创作中，更是博采众长，悉心体察南北剪纸的审美优势。彩色晕染，金纸陪衬，这些南方剪纸的表现魅力，均已融入了他的创作实践之中。

（题图 剪纸《李逵》）

剪纸《牧牛图》 李笑白

最清贫的艺术

民间传统工艺剪纸，始于汉唐时期。妇女用金银箔、彩锦带剪成方胜，装饰鬓角以为时尚，《西厢记》所记：“不移时把花笺锦字，迭做个同心方胜儿。”以两个菱形连环相套，取同心吉祥之义，就是剪纸艺术在日常梳妆中的运用。后来每逢节日庆典，民间艺人剪出戏文人物、花卉鸟兽，贴于窗户、门楣之上，点染喜庆气氛，谓之窗花、门笺。

一纸一剪，剪纸是最清贫的艺术；纸呈生机，剪挟春风，剪纸却又能表现丰富的大千世界。也许正由于材料工具的简拙，逼使剪纸艺术在神形兼备的表达上，有更高的洗练要求，在装饰趣味的经营上，亟待自臻完善。剪纸艺术恰恰因简洁的要求形成了独特的表现格调和艺术风采。

二十多年前，周绍凯在坎坷的境遇中与剪纸结缘，不是偶然的。困顿的人生，清贫的艺术，正是一位愿以艺术美奉献人世的美术家的辛酸而幸运的选择。

周绍凯早年爱好文学，由于文学修养、素描功底坚实和创作态度严谨，他的早期作品在构图、造型、刀工上均有独到之处。但囿于时尚，和当时的许多剪纸作品一样，迹近政治宣传的图解装饰，神韵略逊。近年来，由于创作条件的优裕和创作心境的自由，周绍凯的作品有了长足的进步。他吸收了中外剪纸的丰富营养，借鉴了国画、雕塑、版画、舞伎的表现手法，使他的剪纸艺术意趣淋漓。如《农家乐》、《冬天》，造型凝重，张扬了雕塑的力度；背景虚淡，表现了国画的神韵；刀工圆熟，凝聚着木刻的风味，实属上乘之作。而《捞月亮》、《觅食前》、《林中卫士》、《找妈妈》等小品，在洗练简洁的构图中，童心活泼，稚趣盎然，更是剪纸中的精品。周绍凯还设计创作了大量刊头题花，构思精巧，赏心悦目。

纸上生机谁裁出？绍凯剪刀似春风，祝周绍凯先生，为剪纸——最清贫的艺术，营造烂漫的审美境界。

天堂里没有幽默

——《漫画》卷首语

幽默是漫画的审美灵魂。幽默是爱心的果实，是健全心智酿造的美酒。因此，幽默具有智慧的魅力。幽默感，是文化品位的重要标志。不学无术的人，装腔作势的人，心胸狭窄的人，自命不凡的人，不可能有幽默感。因为，幽默是知识点燃的火焰，幽默是宽容精神的产物，幽默常常要反躬自嘲，幽默极有分寸感，幽默不伤人，幽默不会引起仇恨。幽默可以使人显得聪明可爱，幽默惟独不能挽救愚蠢者、强暴者，不能亲近缺乏生活情趣的人。

幽默逗人笑，启人思，幽默是智者的精神风采。因此，它必然孤独。所以，幽默总是忧郁的。因为，面对邪恶与愚蠢，它无能为力。无奈，是幽默的特定处境。漫画家把笑声送给读者的同时，总是把长长的叹息留给自己……

马克·吐温的立论，令人惊叹："天堂里没有幽默。"因为，幽默的源泉不是欢乐，而是悲哀！天堂完美无缺，没有邪恶的肆虐，没有愚蠢的跋扈，幽默也就失去了产生的缘由。亲爱的漫画家们，别介意我的祈求：让我们早一天进入天堂吧！让你们放下画笔的那一天早日到来！阿门！

一幅令人震撼的漫画

在翻阅报纸时，偶然有一幅题为《无题》的漫画进入眼帘，相对良久，不忍移去。这是我看漫画很少有过的体验。面对好的漫画，或粲然一笑，或欣然有悟，不像这幅漫画竟给人一种震撼之感。

漫画《无题》，分上下两幅，以流动的踪迹为序，巧成连环。画面错落有变而又浑然一体。上幅绘铺天盖地的自行车狂潮，汹涌而来，势不可挡；迎面一辆汽车，丫然对峙，畏缩欲退。下幅绘自行车洪流席卷而过，后边躺着一堆颤栗的汽车残骸，令人触目惊心，在诙谑的形式中，展现了一幅悲剧性的社会景象。

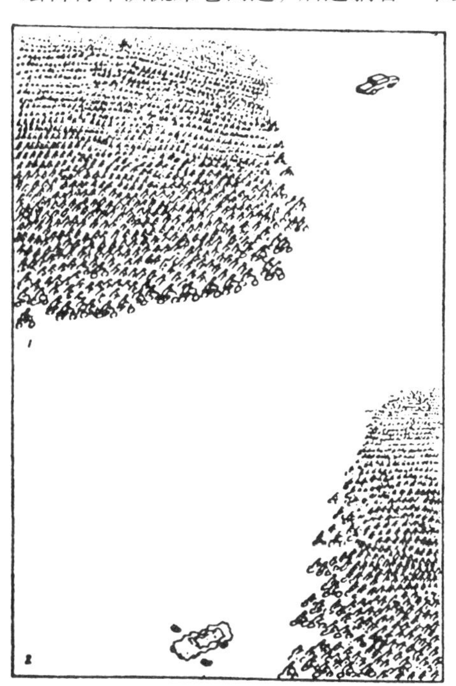

漫画《无题》 赵晓苏

在人类的历史进程中，多少先知被传统残害，多少才俊被淹没在历史的尘埃之中。伟大被庸俗所欺，先进遭落后围困。历史的惰性极易造成停滞，传统的惯性必然排斥创新。在特定的情势下，新事物的夭折，往往习以为常，历史竟没有被告。漫画所以题为《无题》，实在是说不出，说不清，说不尽，只能无话可说，留下一声叹息，留下一个任读者去补充，去发展，去创造的思维空间。因此，作品的主题是多元的，见仁见智，留待读者的思考。漫画能引发如此深沉的哲理思考，实在非常难得。同时，作品的构思是荒诞的，保留着漫画的本色，落想奇特，确能引人发笑，但是，笑又笑不出来；笑，在泪影中收敛。这确实是一幅不同凡响的漫画。

随后，我又读到了有关报道，原来这幅漫画在日本《读卖新闻》创办的第14届国际漫画大赛中，在64国漫画家的12884件作品的角逐中夺冠，获得大赛唯一的最高奖——近藤日出造奖。它的作者叫赵晓苏。

正当我念念不忘这幅漫画时，我校艺术系副教授郭丙均来访，他出示了赵晓苏写给他的一封信。原来，赵晓苏竟是我校1980年毕业的学生，闻讯，我十分欣喜。赵晓苏在信中叙述了自己毕业后曾从事文学创作，后来又专攻漫画的经历后说："今年终于荣获了日本读卖新闻漫画大赛的最高奖。我要把这一喜讯告诉曾培育过我的学校和老师，我想这和老师们的精心培养是分不开的，在此我向我的母校，我的老师们深深致谢。"据介绍，这位学生在校时就十分勤奋，这在他的质朴无华的来信中可以感觉得到。不过，引起我沉思的却是从赵晓苏的创作中，给了我们一个如何评价年轻人的启示。

我们常拿自己的经历和价值观来作标尺，好像当今部分青年人的社会责任感和历史使命感变得淡薄了；市场经济的价值导向，使年轻一代格外讲究实惠。其实也不尽然。我在漫画《无题》中恰恰看到了另一种精神，那就是这位年轻人在思考社会时的忧患意识。对带着惰性的历史、传统、社会、心理的批判，恰恰表达着他们的责任感，他们呼唤社会改革的强烈愿望。批判性的思考，实质上是一种再塑造的思考、建设性的思考。我们的年轻人已经深刻认识到社会进步的艰难，要冲决束缚改革的心理罗网，这阻力不一定都存在于客观之中，也许，你我他，在特定的情势下，在某些问题上，我们自己正在自行车的洪流之中……这是我读了漫画《无题》后的最终感想。

春在枝头已十分

近年来，我读《洛阳日报》和《洛阳晚报》时，常常为石松涛的漫画《糊涂君日记》和《闲画闲话》所吸引。

在石松涛笔下，主人公多为小人物、好人儿。在日常生活中，小人物和好人儿总是极易陷入窘困的境地。而在他们猝临窘困的境遇中，折射出来的世态人心，令人始而忍俊不已，终而凄然一叹。我猜测漫画作者石松涛君是一位对世风人情体验颇深的有心人，度其年岁，应逾半百。我因洛阳漫画界人才奇缺，得此画风端方、创作勤奋、极有潜力的作者，可谓空谷足音，弥足珍视。我曾托人打听，意欲亲近；但终因不着边际，只好心向往之，暂作罢论。

日前，有一青年来访，谈吐矜持。他自报家门，道是我校（洛阳师专）美术系1981年毕业的学生，名叫石松涛。我不禁哑然失笑！正是“尽日寻春不见春，芒鞋踏遍陇头云。归来笑拈梅花嗅，春在枝头已十分”。这位我多方打听无着的漫画作者，竟是我校的一位成绩斐然的学生！我十分欣喜地审视站在我面前的这位青年人。当然，我的关于石松涛年逾半百的猜测是错了。但是，这位脸色略呈忧郁的年轻人，则好像在坚定我的关于漫画创作的思考。

《生活会上》 石松涛

我认为，以幽默为灵魂的漫画创作，它总是面对愚蠢乃至恶行，因而，它总是把笑声赠给读者，把叹息留给自己。幽默是孤独的，无可奈何是它特定的处境。幽默的源泉不是欢乐，而是悲哀。漫画引人笑，更要启人思，因此，成功的漫画作品，总是充满了对生活的沉思，它表达了卓然不群的智慧。因此，对生活中的愚蠢和邪恶，怀抱幽默态度的智者，必然是孤独的。启人智、

《晨曲》 石松涛

启人思，是漫画创作高迈的文化品位，是漫画创作追求的最高境界。

石松涛君的漫画，表达了对上述境界的不倦追求。《晨曲》是一幅画得很美的幽默画：一群鸟儿停落在电线上，犹如五线谱上的音符。晨曦初露，日晕灿烂，是光芒？是啼声？作者轻巧地画出了无比清新的生命活力，表达了作者对美的钟情。《春的信息》描绘一位雨中儿童归来时对镜相视，经雨水浇淋后的头发中，竟长出一朵花儿。异想天开的构思，给人以无限惊喜的回味。《飘四方》，公费旅游者带引一个“会”字形的风筝，优哉游哉，飘游四方名胜。《承包》描绘的是一本“公费医疗症”的皮夹子，其中竟藏着祖孙三代的身影。《“草船借箭”新释》所画则是在一只高举“申请扶贫”的贫困县的小船上，“￥”字的箭矢密集射落在船上的草垛上，而草垛下隐藏着的竟是一辆新购的轿车……这些情景都是我们生活中的习见之事，经作者巧妙地构思，给人以全新的印象，给人带来了再度震撼。

在石松涛的漫画中，我们可以看到不少创意新、情节新、构图新、笔墨新的好作品，老话题再创新意，全在构思的智慧。漫画之道，神采为上，形质次之。如最近在《洛阳晚报》连续发表的《闲画闲话》，文图并茂，作者以深刻的思考、奇特的构图、荒诞的情节和稚拙的笔墨，在赢得读者淋漓笑意的同时，引发读者的沉思。

与这类小品同时，作者也有十分严谨的作品，如1993年入选“中国漫画大展”的《虚席以待》，是作者深意存焉的力作。“×乡庆功表模大会”上，“致富模范村”的代表，济济一堂，惟独“无文盲模范村”冷冷落落，虚席以待。1997年获省新闻一等奖的《四面“厨”歌》，对重视教育的呼吁，也是在画面的具象中得到了有力的表现。这两幅作品显示了作者深厚的艺术表现功底和渐趋娴熟的创作境界，作者通过对画面的着意经营，发出了重视文化教育的呐喊。

拳拳眷眷　为百姓留影

——观《2003·红色警戒》

2003年的春天，不祥而又壮丽。SARS肆虐，全民奋起反击，在猝临的危难中，表现出中华民族众志成城的伟大品格。我市摄影家张晓理先生，在这些骚动不安的日日夜夜里，行程2000多公里，深入豫西山乡，记录了普通百姓为抗击SARS，为家园平安、乡亲康健所作的种种努力。摄影作品集《2003·红色警戒》，为我们留下了难以忘怀的民风民情，使历史成为永恒。展读这些照片，更使我们经历了一场心灵的跋涉，走近可敬可爱的人文情怀。

隔离，是预防SARS疫情流行的有效措施。但是，在我国广大农村，缺乏的恰恰是科学完善的隔离设施。于是，我们看到：村民在村头牵一根长绳，在路口横一段树干，大幅标语提出了严正警告，佩戴袖章的村民行使着温情的权威，劝阻外人进村，隔断人车流通……

2003年5月21日，新安县正村乡中岳村。从疫区山西省返乡的韩占会在隔离的院子里接收妻子送的午饭。

这种原始的防疫手段，反映了一种自觉的精神，这种精神把关心他人、关心集体、关心社会，推到了最高的地位。你看，从外地返乡的村民，自我隔离，住在村外窑内，含笑接受妻子在窑头用绳子吊下的午餐。从疫区归来的村民，住在屋后山坡上的简易窝棚里，自得其乐，拉起弦子，驱除自己的寂寞……这些平凡的画面，是生活的实录，折射出普通百姓不凡的精神风采。

《2003·红色警戒》中的每一幅照片，都会引起我们的沉思，使我们经历了一次心灵的洗礼。在影集的封面上，一条水泥道路横在面前，上书“惊界线”三个大字，“警戒线”三个字写错了两个。此刻，谁会嘲笑书写者识字不多、文化水平太低？不，在这条写错字的标语面前，我想你会进入另一类思考：书写者在努力传递对SARS的高度警惕，传递对社会的爱心。在卢氏县管道口镇磨上村村口，我们还看到一条横幅上大书：“带病进村，不孝子孙。”村民们在用传统的道德观念，与流行疾病抗争，这是何等聪明与美好！在这里，我们真正看到，百姓在与SARS抗争的严峻时刻，是如何竭尽心力、深思熟虑，动员起包括伦理亲情在内的一切精神力量。

当前，在文学艺术创作中，普遍存在着浮躁的心理。一些人的镜头热衷于对准权势、对准金钱、对准明星、对准时尚，忽视了不能造成轰动、不能带来功利的弱势人群。《2003·红色警戒》在反映2003年这场没有硝烟的战争时，把镜头转向偏远的山村。因为，瘟疫最易蔓延的区域，正是疗救乏力的广大农村。张晓理先生以摄影家的职业敏感、良知和敬业精神，关注农村，为山乡独特的防疫斗争留下了精彩的历史镜头。随着时间的推移，摄影作品集《2003·红色警戒》的照片将越来越显得珍贵。

《2003·红色警戒》的许多画面，都具有喜剧情调，令人忍俊不禁。村民手持警棍，头戴钢盔，在村口执勤，却没有防护服装，甚至没有口罩，形成了非防疫的、有趣的凛凛威风。作者的幽默感，使他敏锐地捕捉到了问题的实质：在广大农村，对SARS的抗争，主要显示的是精神力量，这是历史的原貌。《2003·红色警戒》在构图设计上，作者也有出色的创造。照片全用黑白，偏偏在标语、布告、袖章、旗帜上保留了鲜艳的红色，造成了极强的视觉冲击力，有力地张扬了“红色警戒”这一主题，体现了农村保卫战的特征，使作品的内容与形式得到了和谐的统一。

2003年5月23日，卢氏县官道口镇磨上村口

迟到的话题

——写在“人体摄影艺术大展”之际

洛阳博物馆举办“人体摄影艺术大展”。不必惊诧，这原本是一件平平常常的事情。裸露的人体，作为审美对象，与青山白水、绿柳红花没有什么两样。可惜，长期以来，我们把人体视为审美禁区，把玩着封建的虚伪的伦理尺度，把人体美的创作和观赏，视为挑逗淫秽的罪孽。现在，“人体摄影艺术大展”已闯进了古都洛阳，我想就有关人体美这个迟到的话题，讲一点我的看法。

莎士比亚热情赞颂：“人类是一件多么了不起的杰作！”除了高贵的理性，伟大的力量，还有美丽的容貌和优雅的仪态。人体美一直是艺术表现永恒的题材。1820年，人们从希腊弥罗岛上的神庙里，发现了断臂的维纳斯，她的美，不知倾倒了全世界多少人众！这不仅仅是因为维纳斯容颜美丽优雅，在维纳斯身上，人类发现了自身，认识了自身。人，这个大自然最伟大的杰作，是如此美丽而有力量，她是多么值得尊重、体贴和卫护。人类不倦地奋斗，就是为了给自身营造无尽的幸福。正如屠格涅夫在小说《够了》中所说的，维纳斯美感所包含的社会内容，比起法国大革命的人权宣言的条文，更不容置疑。人体美的无穷魅力，不仅赢来了对造化精巧的赞美，更启迪了我们对人权的捍卫。

其实，对人的赞美和歌颂，并非只是西方的观念。“人者，天地之仁也”。清代思想家魏源的论断，把人作为天地间最美好的存在，作出了精彩的表述。只是在长期的专制主义的统治下，重重禁锢，人的形体和精神的美质，未能得到应有的维护和颂扬。

人体美作为审美对象，反映了人类对自身的尊崇。当然，裸露的人体，存在着多彩的无声的语言世界。创作者在高尚的审美和邪恶的诱惑之间，可以按照自身的意愿取舍。因此，人体的展示，不可能都是美好的。因为，裸体也会成为淫荡和邪恶的载体。人体美的创造，在于文化的熏陶。正如费尔巴哈所说的："人是人的作品，是文化、历史的产物。"裸露的人体，在形式上是原始的回归，但是，裸露的是人，而不是兽。在人体摄影艺术中，反映对象恒守不移的羞耻感，是文化的感情，是人类文明的标志，它阻止借裸露放纵性欲，阻止沦入邪恶。人体摄影艺术的美，恰恰表现在善的规范，表现在对人类一切美好感情小心翼翼的珍重。

人体作为审美对象，凡美的都是道德的，凡道德的都是美的。但是，面对丰满的胴体，修长的玉腿，引发的是纯洁的感情，抑或邪恶的淫欲，还决定于审美主体的文化品位。目迷五色，艳丽起盗心，是观赏者道德自律的沦丧和审美趣味的低下。正由于审美主体的不同品行，心存高尚、卑污、真诚、虚伪等不同的伦理取向，使人体审美变得异常复杂，为世俗偏见提供了贬斥乃至禁绝的借口。因此，面对人体美的公众展示，还要解决改变传统观念，提高审美水平的问题。

举办人体摄影艺术大展，无疑是勇敢的行动。人体审美的话题，在社会现代化的进程中，虽然姗姗来迟，但毕竟已经开始。这次在洛阳博物馆展出的人体摄影艺术大展，筚路蓝缕，处在开创的艰难过程之中，存在某些问题和不足，是完全可以理解的。如有些作品着意钟情画面的形式感，不能给人以震撼的力量。另外，人体摄影较多地学习西方模特张扬的情态，深入表现民族的审美情趣则略嫌不足。对于东方人来说，含蓄抒情的审美意境，也许更容易被观赏者接受。

观赏人体摄影艺术大展，应抱着平常的心态，大大方方走去。这沉稳的脚步，正是踏碎世俗偏见的社会进步的步伐。人体摄影艺术，不是春宫图画，不是洪水猛兽，它是社会进步和心态健康的反映。其实，作为洛阳人，当你在龙门奉先寺观赏举世无双的石刻艺术时，我们已经领略，即令是宗教造像，也正流露着世俗的审美精神。柔腴的菩萨的体态，不正在告诉我们：在大唐盛世，对人体美的观念，比起后世的禁锢，竟是如此开放。

难得一个“趣”字

近日，在洛阳师院美术系的展厅里，举办了一个别开生面的画展，展出了洛阳机车厂技工学校教师郭宝林君辅导的儿童线描写生。涂鸦之笔，登上了大雅之堂。满壁童趣，参观的人，微笑着观赏，兴味盎然；微笑着离去，带走了沉思。

这个展览，给当前的儿童艺术教育，提供了诸多有益的启示。近年来，素质教育的创导，学校和家长都十分关注儿童的艺术教育。背唐诗，弹钢琴，学画画，已成儿童普遍的日常功课。可惜的是，这些训练往往带有功利色彩。不少家长重视的是技艺的培养，而不是智慧的开发。譬如画画，总是让孩子临摹，日复一日，把孩子束缚在程式化的训练之中。日久影成，一旦临摹得体，有机会参加什么儿童画展，偶然得奖，家长欣喜，以为成功。殊不知，此时此刻，作画的儿童已把画画视为苦役，早已兴味索然了。郭宝林君辅导的写生线描，则另有一番天地。他不追求儿童在同一事物判断上的同一性，鼓励儿童自由表达各自的观察和感受，线描写生，全是一场游戏。他重点引导孩子们“怎样看”，“怎样想”，至于“怎样画”，则放在了第三位。

譬如，他让孩子们画自己的手，于是，百态千姿，各种各样的手出现了，甚至画成了“百手图”。他让孩子们画静物，并不特意摆出绘画对象，让孩子们自主地选择房间里的任何一个角落或物件，随心所欲，画我所爱。郭宝林君特别注重让孩子们画人物，随时随地，以偶然的邂逅引发孩子们的兴趣。如家长来访，孩子们吵吵嚷嚷表示欢迎。老师提示，大家来画一画这位阿姨。6岁的小朋友赵静文，画出了一幅神态生动的肖像画。这位阿姨，在小朋友眼中显得格外严肃，因为，她是一位陌生的家长，还戴着眼镜。小朋友把阿姨的颈脖画得特长，显然是由于小朋友坐在小板凳上仰视的结果。这一视角，也增加了阿姨严肃的神情。这幅肖像，是6岁小朋友赵静文心中的印象，在她的笔下，已融入了她心灵的感受。

每个人的童年，都有过信笔涂鸦的经历，全因兴趣所至，无拘无束。兴趣伴随好奇，是一切学习的动力。有兴趣方能专注，专注方能有所发现，兴趣和好奇，唤醒了创造的智慧和能力。学习必须以心灵不受束缚为前提，游戏，是学习的实验室，是儿童学习生活的主要方式。游戏过程的奔跑、跳跃、躲闪，锻炼了儿童的心智与体能；通过游戏，尝试不同角色的行事方式，陶醉其中，启示了儿童的想象力。通过游戏这一诗情画意的人生摆渡，打开了他们通向未知的道路，通向此时此地以外的领域。

游戏给学习倾注了一个“趣”字。“趣”，应贯穿儿童学艺的全过程。孩子画画要有兴趣，不受束缚的兴趣，带来了自由的心境；有了自由的心境，方能在画中保留童趣。天真的童趣，往往出现意外的审美创造。毕加索曾经说过：“学会像一个6岁的孩子一样作画，用了我一生的时间。”这不是一句故作惊人之语的玩笑话，其中真情、深意、至理，应引起我们的沉思。

尊重童年！尊重儿童的学习心理！不要用程式化的强制教育，苦恼儿童！如果你爱他们，你就应给他们的学习以自由！

珍重童稚的审美心理

这幅“柳丝弄碧和风细雨，山鸟啼红古树新花”的书法，是一位5岁的小朋友刘为公在我办公室当场表演书写的。

一日，有人轻轻叩门，抢先进来的竟是一位蹦蹦跳跳的孩子，随后跟进他的父亲。孩子的活泼意气和父亲的拘谨情态，形成了分明的反差。这位木讷的父亲默默地在我的办公室地上展示了多幅笔墨稚拙、意趣天成的书法。正当我疑惑不定之际，他竟指着小孩说：“这是他的作品……”我不胜惊讶！邀小朋友当场书写。父亲为孩子在地上铺纸，小朋友脱去鞋袜，爬在纸上，濡墨凝神，一挥而就。书法在任意中挥洒，章法有度，笔墨的游戏神态，跃然纸上。这孩子身上所显示的书法情趣的潜质，令我十分欣喜。

据介绍：这孩子一岁认字，今天教读，明日竟能指认。两岁时握笔涂鸦，在卫生纸上练写正楷，4岁至今学隶学篆，样样得宜。刘为公的书法今天达到的境界，是儿童审美心理激发的奇妙景观。

我因欣喜过望，特作短文张扬。刘为公写字时，并不懂得对联的意蕴，他在书法艺术上的早熟，系端倪初露的才情。审美素质在童稚时代显示，是十分可贵的，也是十分令人担心的。希望家长不要惊扰它，不要强制他进入专才教育的程序化的训练之中，更不要过多地让他参加各种表演或竞赛。珍重这片无功利的自由天地，任其自由发展，确保他的游戏的童年，勿使才情之花早凋！

珍爱弥深，特此寄语。

继承辉煌　再造辉煌

洛阳画院落成，洛阳美术馆附丽其中，这是洛阳文化界的盛事。欧阳修曾说："明窗净几笔砚纸墨皆极精良，亦自是人生一乐事。"现在，洛阳美术家有幸面对窗明几净，怡红快绿，有了用武之地。营造优雅的创作环境，是振奋审美情绪的动力，洛阳画院的落成，提高了洛阳城的文化品位，将为洛阳美术创作的进步，推波助澜！

洛阳美术，有着无比辉煌的历史。北魏永宁寺木塔，高达49丈，构建神奇，壮丽无比。现存大火后的贴壁影塑，菩萨飞天，供养侍从，造像精致，容貌传神，代表了当时泥塑艺术的最高水平。武则天建造的明堂，高294尺，方300尺。下层法四时，各随方色；中层塑十二辰；上为圆盖，九龙人立，环捧舞凤，金光灿烂。明堂是唐代洛阳城塑的代表。龙门艺术宝库，造像十万身，石中魂魄，充满了人世情怀。微笑的卢舍那，慧光普照，以永恒的魅力，成为洛阳的文化标志。

洛阳画家更是人才辈出，唐吴道子世称画圣，在洛阳长安寺院道观作壁画"三百余间"，满壁纵横，留下了许多笔挟雷电的神奇传说。《唐朝名画录》称他："凡画人物、佛像、鬼神、禽兽、山水、台殿、草木，皆冠于世。"五代山水画大师郭忠恕，笔落风雨，气韵奔放，他泼墨纸上，然后用笔缓缓造型，"随其浓淡为山水之形势"，精妙绝伦。人物画大师武宗元，在邙山上清宫作壁画《三十六帝》，暗摹宋太宗容貌，风骨气韵，栩栩如生。宋真宗目睹画像后，惊呼："此乃真先帝也！"焚香再拜。当代画家李伯安，创作了《走出巴颜喀拉》人物长卷，造像磅礴，气度恢宏，以非凡的成就，震惊了二十世纪的中国画坛。

在洛阳画院落成之际，我希望洛阳画家献朱供翠，欢聚一堂，砥砺丹青，切磋共进。我们期待宽敞的洛阳美术馆展厅里，必将佳作迭现。洛阳画家将在继承优秀传统的基础上，再创辉煌。我更希望，洛阳美术界亲切关注民间的美术实践。唐三彩是洛阳杰出的美术遗产，三彩釉色，动若飞舞的彩虹，静似凝固的火焰，饮誉世界。栾川大山的根雕，创意神奇，是诗的化石。大河澄泥，窑变百色，已化作高雅的砚台。洛阳美术馆将殷殷采风，吸取民间美术创造的活力，推动洛阳艺事大进，把洛阳建设成诗情画意的文化都城！

任笔墨纵横　守端庄易识

——《教苑翰墨》序

文字的产生，石破天惊，是一个民族文化的曙光，非同小可。它带来了民族文明的积累、传递和发展。我国的文字创造，“笼天地于形内，挫万物于笔端”，把表意和造型融为一体，奠定了书法的艺术品格。汉字向书法的演进，形成了独特的审美对象，独步天下。这是一种神奇的文字现象，为全世界共识共赏。

热爱祖国文字，养成规范、端正、整洁的书写技能，培育初步的书法欣赏的审美能力，是中小学基础教育的目标之一。教育部曾多次下达文件，要求在中小学加强写字教学。对青少年加强写字训练和书法艺术的熏陶，不仅提高了学生对祖国文化的热爱和书法审美的水平，更能陶冶情操，对学生的人格养成，产生润物无声的影响。

教育部的文件指出：“培养良好的写字习惯是所有老师的共同任务”，“全体教师都应以正确、认真的书写作学生的表率。在潜移默化中促进学生良好书写习惯的养成。”洛阳市教育局为推动写字教学和书法艺术，从教育界选请十位方家的书法作品，汇编成册。墨成方圆，笔挟春风，将鼓舞写字教学的进步和书法艺术的繁荣。

我国的书法艺术，取法天地万物，或联想自然，或主观移情，点线笔势、结构章法均臻于美的创造。“点”如高山坠石，是动态的美；“点”如美玉伏案，是静态的美。“横”如一叶横舟，是飘逸的美；“横”如千军云阵，是幻变的美。“竖”如劲松拔地，是坚挺的美；“竖”如盘曲枯藤，是苍劲的美……正如唐·张旭所说的：“天地事物之变，可喜可愕，一寓于书。”我国的书法艺术，智慧纵横，为艺术创造的个性，留下了广阔自由的空间。试读本书选录的书法，取法取意，其妙在人，都有不同的风采。刘玉峰先生帖习颜柳楷隶，得温润之容，书学王米行草，得清秀之骨；任炳木先生点画圆润，行笔自如，有逍遥之趣；季平先生行隶诸体皆宜，尤精小楷，平和典雅，安闲有度；郭朝卿先生笔随意走，游行自在，字势雄逸；谭杰先生书法正能含奇，方圆互成，体格多姿多彩；薛玉印先生尚法尚意，古意葱茏，雅韵悠长，粉黛无施，丽质天成；王尚武先生行楷兼优，在恬淡中见功力，在法度中呈潇洒；徐英贤先生的楷书呈天趣，行书含法度，苍劲中隐隐蕴含青春的活力；张建京先生笔力雄健，纵横有度，正奇相济，潜力待发……展读诸位先生的作品，行楷隶篆草诸体齐全，王颜柳欧赵风格兼容，在很大程度上，展示了我市教育界书法艺术的风采。

《教苑翰墨》，可喜地反映了教师书法的职业特点：任笔墨纵横，守端庄易识，绝无怪诞自赏的陋习，恪守文字的工具意识。因为，在很多场合，教师的书法自然成为学生临帖摹写的范本。书本心画，心正则笔正。书法训练，应与对学生的品性陶冶同步。端坐静气，坐有坐相，站有站相，不仅能养成学生良好的生活和学习习惯，对他们人品的砥砺，也将产生潜移默化的影响。

当前，电脑普及，书写式微。在教学过程中，我们应在重视学生掌握计算机汉字输入技术的同时，加强汉字书写的训练和书法艺术的启蒙。字，是练出来的。“少年上人号怀素，草书天下称独步。墨池飞出北溟鱼，笔锋杀尽中山兔……”，被李白称赞的少年怀素的书法成就，就是长期苦练的成果。在怀素的庭园里，植芭蕉万株，怀素以芭蕉作纸，练习书法，满“纸”天趣清香。怀素写秃的毛笔无数，收拢后葬于山下，名曰“笔冢”。骆宾王有诗云：“雪明书帐冷，冰静墨池寒。”从书圣王羲之开始，多少书法大家，洗笔池畔，池水墨染，留下了无数书法艺术奇异的摇篮——墨池。“墨池”是对勤学苦练的诗情画意的颂歌。

人守方正　书成方正

——贺王际鑫书画作品在洛展出

我国书法从篆变隶，由隶转正，进而唐楷。唐初欧、褚、颜、柳师法二王书风，继承魏晋南北朝蓬勃发展的正书艺术，演进为法度森严的楷书。尽管欧、褚、颜、柳书势有别，或挺健凝重，或清朗秀丽，但他们形成的温厚敦雅而又大气磅礴的唐楷书风，不仅造就了我国书法艺术的第一个高峰，也卓然成为后人万世取法的经典。

王际鑫先生的书法在行楷之间，行书不离楷意。他的书法艺术更接近颜真卿的书风。颜真卿发扬了魏碑雄强壮美的传统，点画顿挫、墨韵淋漓，讲究方圆规范。际鑫先生的书法既具楷书的端庄易识，又具行书的简便多变，应规入矩，有力而不任放纵，含蓄而不乏风姿。因字立体，因意立体，力在字中，情在字中。他的书法如立，如行，如走，融合了行楷书写的美质和意趣。

清·刘熙载《艺概》云："书者，如也。如其学，如其才，如其志，总之曰如其人而已。"书法传心，书本心画。颜真卿所以成为我国影响最大的书法大家之一，因为颜氏立身立德，操守高尚，历来被认为是儒家精神的典范。学书的过程，也是立德的过程，做人的过程，人守方正，书成方正。王际鑫先生自幼喜爱书画，步入社会先后在教育、文化、宣传、党政机关供职，岗位屡变，职务趋升，可他研练书画之笔从未停过。他居政要而能持平常心，敬业奉献，恪守规矩，心地善良，待人谦和。书乃心迹，际鑫先生得心应手，钟情行楷，正报道了他一生循规蹈矩的消息。

当前，学书人众，书坛繁荣。我想，面对王际鑫先生的书法，将给后学者带来有益的启迪。我国书艺或重描摹自然，或重主观抒情，充分发挥书法艺术的形象联想和移情感受。但是，书法艺术，首先应该是书写美，写漂亮的字，点画造型，线条流变，结构张弛，墨韵传情，既要有绘画的精神，又要有音乐的意蕴。艺成砥砺，临碑摹帖，字是练出来的，是长期积累的结果。如不下基本功，以形象追求和激情奔放为借口，或淡化文字意识，把书法图画化；或任意摆布线条墨块，以荒诞狂怪自赏，把书法弄成一副千奇百怪的模样，这实际上是对书法艺术的败坏乃至取消。

明鉴在前，际鑫先生临池学书，恒守终生的刻苦品格；做人学艺恪遵规范的澡雪精神，都应成为后学者的榜样。

翩若惊鸿　婉若游龙

——王宗都书法长卷《洛神赋》赏析

近年来，王宗都先生的书法艺术，取得了骄人的成就。1992年，他的行书长卷《青天歌》，参加全国书展后，被中国文博城收藏。1999年3月，王宗都先生受新华社委托，行楷书写《中华人民共和国澳门特别行政区基本法》，凡1.6万字，历时三个月，四易其稿，烤于“迎澳门回归喜庆宝瓶”之上。瓶高1.999米，单重200公斤，为世界之最。彩绘精制，金碧辉煌，工艺精良，堪称稀世珍品，中国历史博物馆以国粹珍品永久收藏。

新千年伊始，为弘扬洛阳古都文化，王宗都先生捧读《洛神赋》，朗诵默记，日夜推敲。一日，风和日丽，宗都先生心手双畅，如有神助，一气写就800多字的《洛神赋》。

书法《洛神赋》，幅宽10米，高2.3米。神韵磅礴，一气呵成，行草间植，了无懈笔。在篆、隶、楷、行、草等书体中，草书最能体现书者性情和艺术情趣。刘熙载云：“楷书法多于意，草书意多于法。”王宗都先生根据书写内容，择定书体，充分表明他优裕的才艺。他用行楷书写《中华人民共和国澳门特别行政区基本法》，以示国威法理的庄重，他用行草书写《洛神赋》，倍增人神情爱的旖旎。

书法长卷《洛神赋》的成功，首先在于洛神故事与行草书体的浑然一体，内容与形式达到了完美的结合。书法长卷《洛神赋》，或行或草，因情立体，枯润自见，大小由之，着意于艺术空间的整体营造。全幅结构，疏密有致，或一笔盈尺，疏可走马；或一字囿寸，密不透风，为情节的从容展示，提供了明朗的视觉空间。王宗都先生笔力雄浑，苍劲有骨，而笔势婀娜，顾盼多姿，“翩若惊鸿，婉若游龙”，正和神女风姿同调。

书法长卷《洛神赋》的成功，还在于字法、墨法、章法、笔法始终处在变化之中。王宗都先生主张“魏风颜骨，引颜入魏”，刻意求变。书法最忌千幅一面，千字同形。王宗都先生是性情中人，最讲究笔性墨情，要从每个字的语言位置和感情背景出发，摇曳多姿，不拘一格。如《洛神赋》全篇880字，“之”字就重出了40个，有时还紧随迭出。写出“之”字的各种风貌，是最见功力之处。我国书法，最讲笔画的变化。说“点”，就有瓜瓣、雨滴、露珠、高峰坠石、美玉伏案之别。这不仅仅是形的区别，更是情的区别，力的区别……王宗都先生在写这些“之”字时，或大或小，或浓或淡，或润或涩，或欹或正，努力做到与赋中的人物心态、情节发展、感情波澜、冲突展示完全吻合。一个“之”字，要表达出喜怒哀乐的万段风情。

孟津是书法的故乡，王宗都先生从小亲近同乡王铎的书法，摩挲观赏，颇多心得。王铎书法凝重挺拔的中岳气概，王铎病中奋力勉书的勤奋精神，都是后学者不倦学艺的榜样。

石外学艺　刀下流情

洛阳师专美术系，近日举办了应届毕业生作品汇报展览，王洋同学的篆刻印章，奇葩璀璨，引人瞩目。王洋自幼在家庭的熏陶下，与金石结下了不解之缘。

他握刀如恒，刻石已逾百斤；指上厚茧叠出，苦志弥坚。现在，他在近千方石印创作中，精选出300余方，朱白辉映，满壁繁星，展示了丰硕的成果。

玺印是实用的凭信之物，在历代文人的钟情下，旋成赏心悦目的审美对象。印中有画，印中有诗，印中有哲理，印中有禅机。方寸之域，气象万千，创造出无穷的审美境界。

历代著名的篆刻家们都有如下共识：篆刻艺术的审美品位首先在于“以古为法”，强调作品的古貌、古意、古体、古韵。因为，篆刻以文字为表现形式，古文字的生动结构，正是篆刻艺术的生命所在。只有充分呈现古字象形、指事、会意等未变之笔的妙处，方能淋漓尽致地展示汉字丰富多彩的韵致。王洋在学艺过程中，认真领略个中道理，以临摹汉宫印和封泥印为主，举凡甲骨、钟鼎、碑版、石刻、诏版、泉布、镜鉴、瓦当等文字，无不悉心摩挲，依样葫芦入其门，博采兼收师其神，力求觅得印文的高古意趣。

春在枝头已十分

万荷叶上送秋来

一将功成万骨枯

及问春风风不知

一方小小的印章要给人以强烈的视觉冲击，首先要有分明的朱白对比，阳文如春花舞风，阴文如寒山积雪。王洋的《吉祥》、《刀下流情》两方石印，颇得朱白运用的奥妙。线条显示的刀功，是篆刻艺术的基础，冲刀磅礴，切刀细腻，壮如大刀入阵，瘦如独茧抽丝。细品《梦中亦有敲门客，报道庄周骑蝶来》篆印的线条，圆的温柔，方的峻峭，直的劲健，曲的委婉，粗的凝重，细的飘逸，长的奔放，短的含蓄。王洋长期苦练习得的刀功，在此可见一斑。

但是，篆印艺术如果只是从技艺到技艺，那只会落得审美格调式微，只剩下匠气跋扈了。篆刻大师吴昌硕、齐白石等人，都是诗书画印四绝，没有文字学、书法、绘画、雕塑、音乐、诗文等方面的文化修养，是很难取得高迈的成就的。印章的功夫，恰在金石之外。王洋同学平日学习刻苦，阅读广泛，并多方求师。他曾多次赴汴，向篆刻家傅智明先生求教。傅先生早年毕业于中央美院国画系，曾师从白石老人的弟子刘冰庵先生学习篆刻。傅先生一生坎坷，晚年信佛，他对专程学艺的王洋，给予热情的指导。傅先生曾指出王洋印中缺乏节奏感，王洋为弥补不足，学弹钢琴，由于他学艺情切，刻苦异常，一曲《梁祝》，深得行家赞许。

篆刻艺术，更讲究寓于方寸中的精神。一印到手，意兴俱至，得神则生气勃勃，失情则形状猥琐。所以，篆刻更待激情。王洋自述刻制印章《春》时，正值爆竹声声的除夕之夜，他是在狂奋中奏刀的。“春”字上部似群苗竞发，蓬勃向上。上方边框破损，似不胜春芽生命活力的冲击。下方的日字，中间一横上提，下边和印框糅合，更使人感到有一股自下而上的张扬力量。这方在激情中匆匆刻就的印章，使春的意蕴，得到了生动的表现。

一醉

烟雨

肖形印（佛造像）

长年

肖形印
（佛）

诗的化石

——漫话火人的根雕艺术

栾川大山里走出一位奇人。一年四季，一身白色单衣，更兼长髯飘胸，颇有几分仙风道骨。他叫李留谦，笔名火人。因从小得了肺病，山野缺医少药，疗治无方，常年咯血。一日忽发奇想，以水克火，借寒扑热，便三九隆冬破冰入泳；单衣缟素，迎风雪竟无寒意，肺病不药而愈。从此，百病无犯。“文革”时，因白衣与“红海洋”反调，备受批斗折磨，火人执意不改。现年逾花甲，精神矍铄，此奇之一。

奇之二，是他的根雕艺术。火人长年在深山营生，伐薪砍柴。每对稀奇古怪的树根，浮想联翩，惊喜无状，引发了他对根雕艺术的钟情。火人的根雕，不染色，不上漆，不尚雕琢，见素抱朴，返璞归真，是造化的本色。火人的根雕，还大自然造物的原貌，它是丛林写入大地的诗的化石。

根雕《狂草》 火人

刨根寻美，慧眼辨根，根雕是美的发现。火人深知，乔木仰视蓝天，树根流畅，不枝不蔓；灌木俯偎大地，盘根错节，游走百态。追寻根的走向，往往有奇异的发现。如他的根雕《绿源》，就是寻觅的奇遇。根雕的成因，缘于地下巨石成片，树根顺石延生，平如毯，密如网，根须织叠，花纹天成。脱土磨光后，这座高三米、宽一米五的根雕，天然一扇玲珑剔透的屏风，启人遐想。这座根雕，宛如一架织机，为丛林编织出绿色的生命；这扇盘曲干根，恰恰是绿色的源泉。

顺根取势，是美的创造。根艺之美在于化腐朽为神奇，化丑为美。出土的树根，要成为审美的载体，有待作者的直观虚察，迁想妙得，借势得奇。火人的根雕《傲骨红梅》，取材一棵攀石觅土、夹石生疤的树根。这棵老根，为了生命的延续，顽强地伸展着它的根须，寻觅生存的机遇。经作者精心制作，根瘤、疤节、裂痕，竟神奇地化为一树红梅，浮月色，傲霜雪，引发人们关于人格美的联想，令人悠然神往，令人肃然起敬。

根艺之美，更在于传神写照、气韵生动，在观赏者的凝神遐想中，获得美的享受。这联想的美感，是自然的天趣，是作者的创意，也是观赏者心领神会的默契。火人的根雕《狂草》，一根纯素的根柱，如天上奔来的白练，盘旋腾挪，气势磅礴。站在根雕《狂草》前沉思，狂草大师怀素醉后狂放、骤雨旋风的落笔神态，宛然如在眼前。根雕引发的联想，是根艺终极的审美目的。

现代社会在城市化进程中，居民的田园情结日益缠绵。来自大自然的根雕艺术，正是对田园情结的慰藉，它必将受到人们的青睐。同时，根雕艺术也将从几旁案头，移向大厅和公共场所，成为环境艺术的新成员。火人的根雕，不局限于鸟兽的小巧造型，他极力展示神奇的造化天工，再现埋藏在地下的诗情画意。火人的作品，以其独特的风格，在全国根艺展览和竞赛中，曾多次获奖，起步不凡。大山多情，栾川似海的森林，为火人攀登更高的艺术境界，铺设了步步莲台。

根雕《傲骨红梅》 火人

石不能言最可人

近年来，玩石之风日盛。当人们寻寻觅觅，掀开水幕的一角后，欣喜发现：河洛奇石是覆盖在波底的长虹，凝聚着日月光华。追随波踪浪影，奇石展示的夺目光彩，令人击节赞叹。

造化多情，常常创造出奇妙的景观。大河东去，气势磅礴，荡涤一切，逝者如斯！可偏偏会在九曲回环的河床上，洒落无数晶莹五色的彩石。任沧海桑田，万古不移！洛河中的奇石，更笼罩着美丽的神话迷雾：天地初创，女娲炼五彩石补天，余者皆藏于洛河，彩石经烈焰烧炼，微温永驻，故洛水历寒冬而不冰。

河洛奇石在方寸之域，展示出种种神妙的景象：或日月星辰，或山峦江河，或风云雨雪，或悬瀑喷泉，或走兽飞禽，或蜂蝶虫鱼，或松竹百卉，或楼阁亭台。更兼人物肖像，百态千姿，神态毕肖，呼之欲出！河洛奇石是一幅幅画，是一首首诗，它在创造着一个个意境，它在诉说着一个个故事。咫尺蕴胜境，它给人们带来了无穷的惊喜！

石不能言最可人！石的赏玩，是一种情趣和智慧；石的质朴和坚贞，已成为人格的隐喻和追求。历代文人如白居易、苏东坡、米芾、郑板桥、陆游、李渔等无不嗜石成癖，借石明志。今天，我们重提对奇石赏玩的钟情，不仅仅是为了追随逝去的文人情趣。以科技为中心的现代生活，人们的思维方式有可能发生偏颇，左脑右脑不能同步开发，精神生态将失却平衡。如果人们在面对电脑的同时还能走向大自然，亲近大自然，这将是难得的幸运。当你漫步河滩，拣拾奇石，观赏奇石，把玩奇石，培养形象思维的能力和审美的情趣，这是一件大有益的雅事。

石的赏玩，从审美感受来看，是一种发现、联想和感悟。人们觅石的过程，是一个发现美的过程。觅石者爱石如命，惜石如金，视石为友，敬石如神，以美好的感情为引线，穿珠编贝，把荒弃在河滩的石头，化为神奇的审美对象。面对奇石呈现的图纹，人们动

《日出江花红似火》 孟新建收藏

《弥勒佛》 刘改峰收藏

《思乡》 贾俊江收藏

员起自己的生活经历和情感体验，借助自己的知识积累和智力情商，对图纹作出种种联想。咫尺以内，遥想万里；方寸之中，仰望千寻。窥一斑而联想全豹，望腾云而感应神龙。迁想妙得，是聪明才智的成果。是审美的再创造。命题，更是品石重要的审美创造。好的命题，点主题，启遐思，拓境界，追神韵，使顽石顿时成活，神采飞扬。命题，最能反映赏石者的文化品位。同时，“片石孤峰窥色相，清池皓月照禅心”。石示禅心，在有心人那里更成为对人生的感悟。郑板桥诗云：“顽然一块石，卧此苔阶碧。雨露亦不知，霜雪亦不识。园林几盛衰，花树几更易。但问石先生，先生俱记得。”时序变迁，世事匆匆，人们面对永恒的石头，真是感慨万千！因此，石的赏玩，既是审美的感受，又是审美的创造，更是人生的感悟。

《易·系辞传》云：“河出图，洛出书，圣人则之。”传说伏羲氏正是在河图洛书的启示下，“画八卦造书契以代结绳之治”。那么，河之图是什么？洛之书又是什么？面对庄严美丽的神话传说，我们可否落想天外，用神话的思维方式联想：伏羲画出的八卦，创造的书契，也许正源于河洛奇石上的纹样图式！黄河洛水——中华民族的母亲河，不仅以她的乳汁繁衍了万代子孙；她还在河床的奇石上绘制出神秘的纹样，启示了中华民族的文字创造！您可以把这段文字看作笑谈，可是，黄帝命仓颉造字的传说，正是在河洛地区流传的；洛阳孙旗屯彩陶上刻画的符号，不正是文字草创时的印证吗？清雍正《河南通志》断言：“河洛渊源尤为万世文字之祖。”也许，这应该是不移之论。我想，对河洛奇石的钟情，应成为对河洛文化的崇尚。

洛河奇石，图纹万千，引发种种遐想，是情理中事。更有美妙的传说，令人神往。相传唐侍奉崔玉亮，漫步河畔，喜洛河奇石色泽璀璨，把玩掌上，爱不释手。霎时，石破鸟鸣，五彩石竟化作一只斑斓的小鸟，翩然飞去……这段传说，可与刘禹锡的《浪淘沙》一诗互证。诗云：“洛水桥边春日斜，碧流轻浅见琼沙。无端陌上狂风急，惊起鸳鸯出浪花。”琼沙者，五彩晶莹的洛河石也。是鸳鸯化作琼沙沉入水底，抑是琼沙化作鸳鸯飞出浪花。写洛水，写琼沙，美艳如斯！洛阳风物，入诗多多，惟不见咏河洛奇石的诗句，偶得斯篇，欣喜无比，敬录如上，祈为拙文增色。

泥澄千秋　窑变百色

文房四宝，是交流情思、记录智慧、创造文明的工具。“四宝砚为首”，读书人与砚台的关系，更是情同手足，相伴终生。同窗读书，昵称砚兄砚弟。“以文为业砚为田”，文人视砚台为耕作的田地。

不过，古时文人崇尚清高，羞言逐利，把砚台作为谋生工具的，毕竟寥若晨星。砚台从审美创造的工具，化为审美创造的载体，倒是砚史发展的归趋。你看《红楼梦》中贾探春的书房，放着一张花梨大理石几案，“案上堆着各种名人法帖，并数十方宝砚，各色笔筒；笔筒内插的笔如树林一般”。探春房中“数十方宝砚”，分明是点缀文房的饰物。杜荀鹤诗云：“窗外影摇书案上，野泉声入砚池中。”砚台已成文玩，或造型镂刻，或题诗铭文，砚台是知识的载体，审美的载体，情趣的载体，品格的载体。

在书写工具不断更新，特别是电脑盛行的今天，砚台的实用功能必然式微，砚台灿然已成观赏的审美对象。近年来，我市华夏澄泥砚厂对澄泥砚的精心开发，为我市工艺品的生产，又呈一朵奇葩。

澄泥砚始于唐，盛于宋，是我国历史上四大名砚之一。它取黄河澄泥为原料，经配料制作，药物薰蒸，烧炼而成。澄泥砚质地坚腻，经久耐磨，不伤笔，不耗墨，冬不冻，夏不枯。观若碧玉，抚如童肌，扣发金声，呵生津润，唐人品砚，誉为第一。澄泥砚的颜色，更是变幻神奇，澄泥入炉后，窑变百色，顿时呈现出蟹壳青、鳝鱼黄、虾头红、鱼肚白、豆沙绿、檀香紫等缤纷的色彩，令人叹为观止。

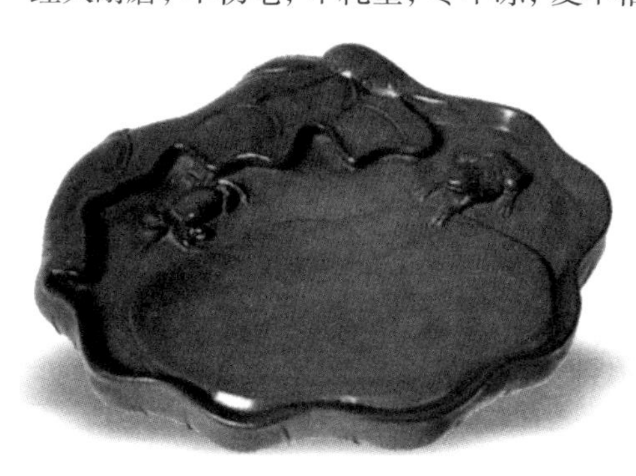

我市华夏澄泥砚厂，穷搜冥索，钩沉发微，在学习传统的基础上，努力创新，产品多达二十多个系列一百余种。有传统的仙翁献寿、卧佛纳福、老牛望月、灵龟呈祥……在此基础上，创制了气度恢弘的龙马负图、金龟献书等巨砚，将华夏的文明图式融入砚中。华夏澄泥砚厂还将民俗入砚，蝉喻长生，狮喻辟邪，金钱喻富贵，蝙蝠喻幸福，琳琅满目。特别值得一提的是，设计人员借砚中一泓蓄水，或塑蛙戏池畔，或塑蟹伏洞侧，或塑鱼翔叶底，或塑月照莲蓬，营造出荷塘多姿的美景和优雅的情趣。枯竹砚更是砚中极品，刀锯之茬，裂缝之痕，虫蛀之迹，自然逼真，巧夺天工。华夏澄泥砚厂还推出了牡丹系列，使古都洛阳的文化徽章，在澄泥砚上嫣然展现。

造化钟情，黄河从洛阳身边流过。水落石出，在两岸彩石长廊的深处，还埋藏着淤积千年的澄泥。水是宝，石是宝，泥也是宝，有待我们进一步发掘创造。司空图诗云：“夕阳照个新红叶，似要题诗落砚台。”那么，在澄泥砚上，我要题写什么呢？答曰：“泥澄千秋，窑变百色，浪底黄金，待君开发！”

包装——审美的新领域

包装设计是对生活美的馈赠，包装是我们审美的新领域。它以超写实主义的逼真描绘，显示了新的艺术魅力。绘画艺术的创新，表现在新的视觉冲击力的诞生，三十年河东，三十年河西，产生于60年代后期美国的超写实主义，正是与风靡一时的抽象的表现主义相对立的艺术流派。超写实主义又名照相写实主义，它反对把艺术视为艺术家潜意识的至高境界和人生经验的直觉表现。它不赞成把艺术造型幻化为不受具象约束的内心冲动，是艺术家天马行空的自由发挥。它认为，绘画的本质应力求与表现对象酷似。它认为，在艺术创作的过程中，应排除一切主观意念，照相机般地再现客观事物，做到百分之百的逼真。

因此，超写实主义在创作过程中，或直接利用照片，对照片放大临摹；或用投影、幻灯，把照片投射到画面上，成为作画的借鉴。超写实主义的题材十分广泛，日常生活中的一切什物细事，都能入画。但杰出的艺术家每每都有自己固定的描绘对象，以此强化其独特的风格。如查克·克洛斯的人物头像，汉森的市井风情，埃斯蒂斯的街 道景色等等。超写实主义画派一经出现，就迅速在欧美流行。因为，以理性思维为中心的现代生活，缺乏诗情的务实的商业社会的价值取向，使超写实主义的作品备受喝彩。因此，也有评论家认为，这是一种商业美术，机械复制的倡导，必然会冰封艺术家的思想和感情，使创作失却激情，使艺术变冷。有的评论家甚至认为：这些绘画不过是物质世界中的一种物质而已。

在中国，超写实主义的出现在80年代初期，首先在油画界兴起。在我国，超写实主义不是一种创作思潮，而是一种绘画语言，一种绘画技法。罗中立的油画《父亲》，就是适例。超写实主义画风的影响，不仅有利于绘画风格多样化的创新与探索，同时，准确把握描绘对象的外部特征，十分符合现代审美趣味的新要求，将直接促进工艺美术设计的繁荣。因此，超写实主义绘画，必然是工艺美术专业的基础训练之一。掌握酷似的绘画技巧，便于在包装、广告、服装、室内外环境设计中运用。美术设计要造成强有力的视觉效果，或放大形体，令人震撼；或刻画入微，令人惊叹，带来视觉的新鲜印象。更加上绘画的色彩比起实物或照片来，有更高的纯度，它使视觉更加敏锐，并在心理上产生强烈的感应。

包装在现代生活中，是工艺美术应用最通俗最众多的领域。我们生活的方方面面，无不面对各色各样的包装，从食品、服装、文具、书籍、药品、家电，直至我们面对的城市建筑。包装不仅对现代社会的经济发展，发挥着推进作用，更满足了社会视觉审美的需要，是社会文明的重要内容之一。

生存环境的改善，生活水平的提高，不仅仅是物质的。美的设计日益介入我们的日常生活，满足并引导我们的审美要求。正是全社会文化品位提高的标志。

广告的审美品格

有市场就有广告，广告让人获得商品信息，诱发购买欲望。《韩非子》云：“宋人有沽酒者……悬帜甚高。”这高高挂起的酒帘，就是广告。“借问酒家何处有，牧童遥指杏花村。”行人在饥渴难耐时，承牧童亲昵指点，遥见红杏深处，酒帘隐约。在这诗情画意的答词中，广告既带来了知情的欣喜，也带来了审美的享受。

广告应具备审美品格。真实是审美的基础，美好的价值取向，方能使审美确立。只有具备了审美品格，才能牵动钟情的视线，才能引发会心的微笑，才能使受众留下深刻的印象。

广告，作为营销手段，扬名邀利，必然包含商业行为中的某些杂质。因此，广告要自我约束，不仅要自觉杜绝违法和造假，广告的创意，更要符合审美的要求，不能亵渎受众的心灵和视觉。可惜，我们面对的不少广告，却存在着亵渎心灵和视觉的丑陋现象。如一个保暖内衣的广告，描写皇上穿着保暖内衣出游，太监紧随。在雪地里，皇上将大块雪团摔在太监的脸上。太监点头哈腰、献媚谄笑。保暖内衣的宣传，以张扬凌辱和奴性为载体，恰恰表现了心灵的邪恶和丑陋。一个长统丝袜的广告，以一位女士轮转大腿为主体形象，给视觉以几近色情的冲击。更不要说某矿泉水的广告，公然标明是“满洲国时日本专家”的发现；对××仙酒的赞美，却依赖侵华日军的抢夺来渲染。这类无耻逐利的广告，竟堕落为国格人格的沦丧。

誉不虚出，名由实美，这是广告的生命。因为，广告的设计，不仅要适应消费者的需要、兴趣和好奇心，在引发购买行为以后，还要确保售后满意，这样的广告才有持久的信誉。相传绍兴的“水晶糕”，声名远播。清诗人杨静亭特作广告诗云：“绍兴品味制法高，江米桃仁软若膏。甘淡养闻疗胃弱，进肠宜买水晶糕。”诗人如实报告水晶糕的作料和口感的同时，也宣传了水晶糕的保健作用：江米糯软，桃仁健胃，宜胃弱者食用的道理。一诗风行，顾客盈门。

这样的广告所以美，全在于它的人文情怀。据说广东兴宁县，有一家卖茶兼售凉粉的小店，店门上贴着这样一副对联：“为人忙，为己忙，忙里偷闲，喝壶香茶消消汗；劳心苦，劳力苦，苦中求乐，吃碗凉粉清清心。”讲得实实在在，讲得入情入理，体贴人心的柔情，已化为动员消费的广告魅力。

广告难免夸饰，夸饰不是向受众隐瞒，更不是对受众作假。夸饰是为宣传对象聚焦，照射五光十色，夸饰之处是明摆着的。这样的夸饰，是一种创意之美。宋·李昉在《太平广记》中，记述河东刘白堕善酿美酒。大暑天在日中暴晒，酒味不动。作者为了宣传白堕春醪之美，讲了一个故事：青州刺史毛鸿宾带酒上任，夜逢劫盗。盗闻酒香，饮之皆醉，官方不费一刀一枪，盗贼悉遭擒获。“不畏张弓拔刀，惟畏白堕春醪”。这两句出自被擒劫盗之口的大白话，若用来作为广告词，那是最生动不过的了。事出荒诞，夸饰之情可见，但在调笑之中，人们会由衷赞美白堕春醪的神奇。又如某电扇厂重金征集广告词，有应征广告词曰：“实不相瞒，××的名气是吹出来的。”这吹字用得俏皮，具有审美情趣，令人忍俊不禁。受众在不知不觉中认可广告宣传的内容。

罗斯福说过：“如果我能再生，我将投身于广告事业。”这是典型的美国总统的语言。广告为市场经济的繁荣呐喊。当今世界，广告铺天盖地，已成为我们日常生活的一部分。我们有理由要求，广告不应污染我们的感官，广告应努力成为普通人的审美对象。正如马克思所说的：广告应该使“物质带着诗意的感性的光辉，对人的全身心发出微笑”。这就是广告的审美品格。同时，也只有具有审美品格的广告，才能引发受众会心的微笑。购物的欲望，正始于这赞赏的微笑。

城市色彩的管理

在城市聚居之前，民居的色彩，以大自然为背景，聚黄飞翠，借黛亮白，力求和周边的风光，保持和谐。即令最简易的北方土坡上的靠山窑，居民们也要在窑前，种植三五杨柳桃李，飞黄舞翠，喷红吐白，在一片土黄的背景上，艳色点破，猝露妩媚，给人难以言喻的美感。南方民居依山傍水，在青绿的田野上，在碧柳翠竹的映掩下，粉墙黛瓦，朦胧隐约，蕴藏着奇异的情趣，令人神往。城市聚居，高楼林立，淡出了田园情调，建筑已成为城市风采的主体，于是，建筑的布局和风格，成为城市视觉识别的主要对象，这一点，已成共识。但是，人们往往忽视了建筑的群体色相。马克思说："色彩的感觉是一般美感中最大众化的形式。"当我们来到一个城市，扑面而来的是建筑群体的色相。城市的色彩已成为城市文化个性最明快的视觉标志。因为，色彩是最通俗的审美对象。

城市建筑的色彩，反映了一个城市的历史文脉和文化个性，反映了民族的文化心理。如黑、白、灰三色，历来是我国建筑的主色调，它凝聚着国人深层次的文化心理。黑与白在国人的色彩观念里，已不是黑白本身单纯的色相，而是所有色彩的体现。两极对比，无所不包，黑白展示了全部的色彩之美。黑与白，是永恒的流行色。粉墙黛瓦以永存不衰的魅力，熔铸在国人的心中。

城市色彩的主旋律，也表现在城市的主体建筑之中，如西藏的布达拉宫。有人说布达拉宫不是人的造物，它和布达拉山浑然一体，是大山自然生长的神奇的建筑。布达拉宫群楼高耸，崇阁巍峨，宫墙分别饰以红白两色。红色居中，是佛殿和历代达赖的灵塔殿，红色宣示威严和力量，是"教"的象征。两侧的白宫，是达赖的寝宫，白色意蕴恬静和平，是"政"的代表。宫殿上的金顶，映耀着太阳的光芒，金光夺目，将圆满和祝福，赐给人间。布达拉宫的色彩，是西藏佛教文化最权威的展示，成为拉萨全城最灿烂的亮点。

几年前，北京市有关学者专家，曾研讨过北京市的色相，最后确定了含灰的原则。这不仅是因为作为首都北京应有的庄重气度，还因为，含灰是明清两代北京城色相的传统。杭州也在讨论城市的主色调，问卷调查表明：80%的市民认定，绿色应成为杭州的色彩标志。“接天荷叶无穷碧”，杭州的湖光山色，凝聚起的一片碧绿，已成为杭州的自然风貌和文化韵味。哈尔滨米黄色小楼展示的明丽，苏州粉墙黛瓦传递的温馨，都反映了一个城市的文化传承和文化个性。

如果没有文化准备，在现代化的进程中，城市必将迅速趋同，城市的个性将消失殆尽，这是一个可悲的局面。而城市色彩的同调，是最分明的表现。九十年代初，瓷砖走出厨房、浴室，成为建筑物的外墙装饰，一时风靡全国。在白色的墙体中，有色玻璃闪烁眩目……实践证明，这是城市建设中的败笔。每一个城市，特别是文化古城，都应在山光水色和历史记忆中，寻找自身的色相。

关于城市色彩的话题，我们以洛阳为例。那么，什么是古都洛阳的传统色相呢？在有关文献中，我们可以在星星点点的记录中得悉古都洛阳色彩取向的消息。杜甫在《龙门》一诗中说：“气色皇居近，金银佛寺开。”造成古都洛阳群体色相的主要建筑，一是皇宫，二是佛寺。

一个政权的建立，必然伴随着大规模的宫阙园林的营造。汉丞相萧何说得明白：“非壮丽无以重威。”华丽的宫室和巍峨的高台，成为权力至上的象征。也只有皇权，方能动员和集中全国的能工巧匠和珍奇异宝，展示建筑的辉煌。

班固在《东都赋》中写道：“宫室光明，阙庭神丽。”这是对洛阳皇宫最简洁的概括。流光溢彩，一片灿烂。唐李庾在《东都赋》中，对上阳宫的色彩，作了比较具体的描绘：“上阳别宫，丹粉多状，鸳瓦鳞翠，虹桥叠北。”上阳宫璀璨的琉璃，有如燃烧的火焰，壮观无比。武则天建造的明堂的色彩，在文献上则有较详细的记载，《资治通鉴》写道：明堂“高二百九十四尺，方三百尺。凡三层：下层法四时，各随方色；中层塑十二辰；上为圆盖，九龙捧之，上施铁凤，高一丈，饰以黄金”。失火后重建，“上施金涂铁凤，高二丈，后为大风所损，更为铜火珠，群龙捧之”。武则天建造的明堂，群龙人立，不是捧着金凤凰，就是捧着铜火珠，全是一片金光灿灿。我们可以想见，“碧瓦朱甍照城廓”，这就是当年皇城洛阳的景象。那么，故都洛阳色相的定位应该是：金碧辉煌。

佛寺的色相恰恰与此同调，佛国世界是金色的世界。《水经注》在提到白马寺初建时说：“金光流照，法轮东持，创自此矣。”这第一句话就是“金光流照”，金色，是佛的色相定位，金色，是佛国世界的视觉形象。佛寺建筑一般也总是绿筒瓦，黄滴水，脊饰麒麟驮负宝瓶，佛光普照。如当时的灵山寺红墙碧瓦，琉璃吻兽，隐掩在翠柏的绿色海洋中。观音寺灰筒瓦盖顶，正脊两端置一琉璃彩狮。殿前平台立42根望柱，柱头雕刻火炬形图案，火焰欲腾……

我想，金色是我们寻找到的古洛阳建筑的群体色相。尊重并再现历史的色相，能使历史文化名城的标志更加分明；古色古香，使历史文化名城更有品位。如何让现代洛阳城重现含金的古色，这是一个需要精巧设计的过程。华丽而不眩目，是文化古城必具的风格，或金色含灰处理，或金色敛光调配，成为淡淡的灰橙或米黄，使整个空间色彩变得温馨而又富有朝气，高贵而又充满了人情。

放眼中华大地，全国都在扩展城市或新建城市，全国已成一片巨大的工地。在新城或新区的建设中，要防范色彩污染。色彩需要规划，色彩需要管理。只有这样，城市的视觉形象才会显得明丽悦目，大气而又高雅。让色彩真正为城市奉献诗情画意。

创造美——心灵管理的教化力量

——《洛阳监狱服刑人员书画·工艺品展》前言

展厅内陈列的美术作品，来自大墙内的世界。面对这些服刑人员设计创作的工艺书画，将引起我们的沉思：这一双双曾经给社会带来灾祸的手，如今握管挥毫，泼墨调彩，从事美的创造，这是一幅多么令人激动的景象。

洛阳监狱的启明学校，是一所具有独特文化姿态的学校。学校是传递文明的场所，文明是协调人和社会关系的道德力量和精神风采。恩格斯说："蔑视社会秩序的最明显最极端的表现就是犯罪。"大墙内的服刑人员，都曾违背了文明的原则，给社会、给社会成员带来了伤害，破坏了社会秩序。在大墙内办学，使服刑人员在特殊的环境中，接受文明熏陶，重新把"人"字写端正，调整人和社会的和谐关系，显得更为重要。启明学校出色的办学成绩，体现了政府和狱方的人文情怀，体现了政府和狱方对服刑人员的关怀与爱护。

一切艺术实践，都是对真、善、美的欣赏和追求。美育是对德行的卫护，对智慧的开发。美的实践过程必然接近美，崇尚美，并最终找到美。洛阳监狱组织服刑人员从事美术创作，并向社会展示他们的实践成果，是一项心灵管理的高尚的活动。

这次展出的作品，是洛阳监狱从近十年来征集到的300多件创作中精选出来的100多件作品，包括国画、油画、水粉画、招贴画、素描、书法、木雕、瓷刻、剪纸、根艺、竹编等多种艺术形式。悔罪从善，是服刑人员创作的最普遍的主题；独特的经历和真切的感受，使这一主题显得极为动情，极具震撼力量。国画《母亲》就是表现这一主题的成功之作。画面正中为来狱中探视儿子的母亲：凌乱的花白头发，宣示着岁月的艰辛。精心刻画的母亲的面容，令人肃然起敬：双唇紧闭，双目微眯，把坚毅和悲悯凝聚为一体，产生了强大的感召伟力。母亲的形象既体现了血脉相通的亲情，也表述了不容轻慢的道义力量。画面的左前方是单膝下跪的犯罪的儿子，从他微微战栗的背影和捧吻母亲双手的低泣中，令人信服地看到他的痛心和悔悟。依偎在奶奶右侧的孙女，面容悲苦而略带惊恐，强化了父亲必须承担的责任，也是对自新主题的鼓舞。画面构图紧凑，笔法娴熟，在水墨黑白的基调中，突出了孙女浅红色的上衣，为主题带来了亮色。服刑人员李鸿昌的这幅作品和他的书法《归去来辞》，曾在1992年全国首届服刑人员艺术品展中获得一等奖。李鸿昌在服刑期满走出大墙后，曾到我家看望我，我对他的新生，表达了由衷的祝福。张枫的油画《蓝天》，通过高墙电网仰望蓝天，表现了他对自身处境的内省。油画《新芽》，描绘枯木中萌发的新芽，正是自新精神的展现。郭晓飞的油画《冠军梦》，表现了一种向上的童趣，令人忍俊不禁的画面，正是罪犯人性复苏的健康心态。韦小保的《悔》，直诉胸臆的悔悟：朦胧的人物剪影，是对过去的告别；灿烂的满天红霞，是对未来的祝福。李福聚的砖雕《凤凰涅槃》，李红强的瓷刻《辟邪》，构思古朴，刀法苍劲，直追汉魏之风。作品表达的对再生和吉祥的向往，都是一种弃旧图新的可贵精神。面对这些来自大墙内的作品，我们不仅领略了改造罪犯政策的成功，也感受到大墙内特殊园丁的辛勤劳作，更看到了服刑人员真诚的悔悟和重新做人的期盼。

这是一次别开生面的展览。洛阳监狱的出色成绩向社会表明，对服刑人员，除了法律制裁外，引导他们接受艺术美的熏陶，是激发他们良知的十分有益的工作。罗曼·罗兰说："美育是优美情操的培养。有优美的情操，自然不屑为恶，不屑与污浊为伍，不屑作奸犯科。"洛阳监狱举办这次展览，应该给全社会一个启示：美育，是心灵管理的教化力量。为了社会的长治久安，我们应该为人们提供更多的画笔和提琴！